女生宿舍

蔡文甫 著

The Girl's Dormitory

目錄

追憶那時代人們的形象

——兼記有關《女生宿舍》的幾件小事

蔡文甫

這是我的第二本小說集，和第一本《解凍的時候》相同，先由海外的馬來西亞的曙光出版公司於一九六四年初版，十八年後再由九歌印行。這是第三次改版，內容略有調整。

從理論方面說，小說是顯示當代人們的生活方式，型塑人的形象，表現人生觀念。書中作品，全寫於四十多年前，可以看出當時人們的生活形態，和目前有明顯的區別，但人的本性和善惡的標準，仍是亙古長存的。

四十多年前，沒有手機、電視、高鐵、滿街行駛的計程車……書中人物的言談舉止，處事態度，約略可以反映那時代的縮影，顯示人們的高尚情懷。

受關注的〈女生宿舍〉

以〈女生宿舍〉為書名的這篇文章，最初受到名詩人余光中先生的注意。因為余先生有四位女公子加上夫人，他常幽默地笑稱自己住在「女生宿舍」，當看到這篇文章時覺得輕鬆有趣。不久他主編香港的《中外畫報》文藝版，便邀我寫一篇小說。我特意寫類似題材的〈女生世界〉給他；惜因稿件寄遞遺失未能刊出（現已收入本書）。如不是〈女生宿舍〉的篇名吸引注意，大概余先生就不會看這篇文章。

主編《中央日報》副刊多年的名主編孫如陵，審稿嚴苛，以退稿迅速馳名。一位名作家在投寄稿件時，將第二頁和第三頁之間，用漿糊黏貼部分，測試中央副刊的編輯有無認真審閱他的作品，可見作者對副刊主編之選稿標準存疑。

當時孫如陵先生還主持一份以月刊型式出版的《中國文選》，頗受讀者重視與歡迎。該刊的主編也選用了〈女生宿舍〉一文。刊出後，在文友聚會時孫先生說，〈女生宿舍〉中的年輕女孩，在宿舍中嘻嘻哈哈，謔而不虐，很得體。我隨即開玩笑地對他說：「這是《中副》退稿的文章。」

這話並不公平。因為副刊發表的作品以文長四、五千字，一日刊完為宜。而〈女生宿舍〉的字數超過不少，要分刊兩天，和《中國文選》審稿的標準不同，因文章太長的緣故，致遭退稿，並不是審稿者有偏頗。

意外的轉信人非常突兀

《女生宿舍》中的作品，大多是在馬來西亞的《蕉風》月刊發表。投稿久了，才知道《蕉風》的社長是姚天平先生，主編是黃崖先生。但雙方來往函件並不多。一天，忽然接到當時名專欄作家柏楊先生來信，附來黃崖寄到台北縣汐止中學「請蔡文甫先生轉柏楊先生」的空信封（因馬來西亞的黃崖先生不知台灣的柏楊地址，所以請我代轉）。

另有一便箋，是柏楊先生所寫：「信已收到，不勞代轉了。」

讀者一定感到很奇怪：這是怎麼一回事？

從轉信的過程，可分二方面來說明：

柏楊在未進監獄以前，是在《自立晚報》副刊撰寫專欄的名作家，每天臧否時政，嘲諷警察人員，大概是受監聽的對象，郵件會受到檢查。根據常理，檢查應是祕密進行，檢查後仍封好如初寄交受信人，再由受信人蔡文甫轉寄給柏楊先生。

但這次檢查人員，不經過轉信人的手，直接將檢查過的信件寄交柏楊，可能有兩種意義：

1.是檢查人員膽大妄為，毫不避諱地公開郵檢的祕密（在當時仍是不合法的行為）。

2.是故意明白地警告柏楊：你已受到監視，要注意言行（事後不久，果然以莫須有的罪狀，柏楊被關在綠島監獄近十年）！

《蕉風》主編黃崖的賞識

由於黃崖主編《蕉風》，才有機會發表作品並認識黃崖。黃先生在九歌第一次改版時，撰寫〈開創一條又新又活的路〉序文，認為在《女生宿舍》中，「看到作者在努力擺脱和突破西洋文學的羈絆和影響，創造屬於我們自己的形式。」除了不敢當以外，還得非常謝謝黃崖先生的謬讚。

開創一條又新又活的路

——寫在《女生宿舍》重印之前

黃崖

多年來，「現代」和「傳統」，困擾著文藝作者。

傳統作品著重描寫事物的外表，現代文學主張向事物的內在世界探索。事實上，兩者並非矛盾和衝突，然而，由於某些極端主義者全盤否定傳統作品的價值，一度造成了一種趨勢和風氣。凡是運用傳統表現方法的作者都被目為落伍者，時時刻刻會遭新浪潮滅頂。困擾，甚至恐慌便因此而起。

其實，真相隱藏的主張，是很久遠的事了。二千年前，耶穌即常提到「神看人的內心」，「心裡有邪念即是犯了罪」。隱藏著的真相，有時會自然迸發出來；許多殺人者在行兇之前，會「眼露凶光」；許多人內心暗自得意時，會「喜形於色」；一般的人都明白這道理。

隱藏的真相不是常常自然透露出來的，所以，文藝作者須用心靈去感觸。人的靈性各不相同，向內在的世界探索，結果必然不會一致。真實性的程度，也值得懷疑。可能往往只是作者自己的內心感應，與客觀事物的內在世界全無關聯。當然，寫詩、寫散文，可以主觀；但寫小說呢？

我們絕無意要求文藝創作要有一定的規格，然而，某些共同的了解和標準是必要的；否則，讀者將如何去欣賞呢？有些作者說：「文藝創作是個人的，與他人無關。」這話只說對了一半，如果無意讓他人欣賞，又何必將作品發表出來？

至於極端主義者完全抹煞傳統的表現方法，是犯了重大的錯誤。事物的真相是「外表」加「內在」。儘管你對「內在」探索多麼深多麼廣，缺少了「外在」，充其量，只是真相的部分。「外表」應是讀者了解事物的第一條件，沒有「外表」的描寫，讀者便迷惑了，混亂了；這是現代文學作品難被讀者接受的主要原因。

傳統作品對「外表」的描寫，我們現在看來，很多是過分的，不必要的；對「內在」缺乏描寫，確是美中不足。有「外表」無「內在」，有「內在」無「外表」，都非完整。最近，我有機會看到不少臺灣的和大陸的文藝作品（非政治附庸品），有人請我作一個比較。我的回答很簡單：「臺灣的作品表現技巧很可取，但不少是內容貧乏；大陸的作品大多是內容豐富，表現手法卻太差。」這個比較，或許能給我們提供一些參考。

現代文學主張，頗多正確，應予接受；但我們絕不能走向極端，完全排斥傳統的一切。我們應該把兩者連接在一起，作適當的取捨，作適當的協調。

《女生宿舍》中的作品，就是蔡文甫兄在這一方面努力的成果。它們並非全盤「現代」，也非全盤「傳統」。這部小說集在馬來西亞初版時，我是第一個讀者（編者按：**黃崖先生當時是馬來西亞的《蕉風月刊》主編，並主持曙光出版有限公司編務**）；十多年後，在臺灣再版，我又是第一個讀者。我一讀再讀，發現作者的確開創了一條又新又活的路。這類作品必然會被讀者接受和喜愛。

二十世紀以來，我們崇洋心理，一天比一天嚴重，從科技、繪畫、音樂、文學，甚至連生活方式，都在學西方。這是可悲和可怕的！在這裡，只談文學，不談別的。文學作品要有個性，也要有地方性和民族性。目前，許多作品不中不西，像「這是一間高級飯店，在臺北。」或「我獲得了比賽冠軍，以無限的光榮之姿」之類的字句比比皆是。這是一種可怕的歪風，必須及時阻止和改正。在《女生宿舍》中，可以明顯的看到作者在努力擺脫和突破西洋文學的羈絆和影響，創造屬於我們自己的形式。這項工作深具意義，也非常重要，希望有更多的作者來共同努力！

——一九八一年十二月十二日於吉隆坡

女生宿舍

汪娟娟跨進寢室，猛力闔門，震響兩層樓的宿舍，門窗玻璃，彷彿都在打抖。她也大吃一驚，想不到自己會這樣鹵莽，弄響大家住的房間，她們定要說她是冒失鬼。

環視室內。嘴最尖、最刻薄的楊辣子不在宿舍。只有室長余大塊頭伏在朝門的桌上寫信——大概是寫情書；智囊團團長小朱，抓一塊髒兮兮的絨布，裹著右手食指，塗了鞋油在擦半高跟的黑皮鞋。這時大塊頭用抓筆的手，撥攏鬢角的亂髮，直著脖頸盯住她：「什麼事呀？小姐！不能輕點嗎？」

平時，也許只對室長笑笑、點點頭就算了，她不會得罪任何人；不願爲丁點兒事和同學爭論。可是今天她有滿腔氣憤，無處發洩，眞想抓個人來打一頓，或是摔掉花瓶、玻璃杯一些摜得響的東西，心裡才舒服，怎能再受委屈？

「怎麼樣？這是大家的寢室！」娟娟氣咻咻地說。抱在胸口的書和筆記本，猛拋在自己桌上，碰著瓷茶杯、撐起的圓鏡和「胖斯」面霜，希哩嘩啦一陣響，像助長她的聲勢。「愛靜，就別進學生宿舍。妳該住自家的獨院洋房；關起大門，愛怎麼靜，就怎麼靜——」

「妳發瘋了！」室長霍地跳起指著她：「怎麼開口傷人？」大家都知她家中有八口，擠在兩間小屋內；受不了擾攘，才搬這兒來住。現在娟娟分明是挖苦她。

「傷人又怎麼樣？」娟娟挺胸，橫跨一步，面對著她：「只許妳說話，別人就不能開口？室長就這樣了不起！」

小朱一心一意擦鞋，笑咪咪地聽著。見她們愈吵愈兇，便走向她們身旁。在轉身當兒，胳膊碰著床頭橫檔，皮鞋撞落在水泥地上。擔心擦破鞋面，連忙撿起，擦得亮滑滑的鞋，已染有一大塊灰污，臉上顯出好大不高興。

「怎麼搞的，妳們都瘋嘍？」小朱倚在床頭，用皮鞋尖點著她們，生氣的說：「爲一點兒事，吵得天翻地覆。妳們的度量，比酒杯底還淺！」

「小朱，妳來評評理！」大塊頭受了委屈，希望獲得小朱的支持：「看我的話壞不壞——？」

「好嘍，甭提嘍！」小朱抓起絨布，猛擦剛染上的泥灰，長髮和胸脯都連著胳膊波動：「在同學面前爭短長，有什麼味道？」

大塊頭碰了滿鼻子灰，縮回僵坐在直背木椅上，接連受了兩股冤枉氣，信也不想寫了；把寫好一半的信紙，連同有紅綠邊的藍色信封，一起捲好塞進抽屜。順手抽出乳白的化學筷，噘嘴，趿著鞋跟，也用力闔門。她去飯廳吃午飯了。

娟娟看到大塊頭被「刮鬍子」，火氣雖消去不少；但內心原有的鬱悶和煩惱，又慢慢滋長，感到窒息難安。退後二步，歪倒在自己床鋪，脊背橫擱在兩堆衣裙上，很不舒服。翻身挪出右手，衣裙被撥到床頭，有些散落在床腳下。她不喜歡把換洗的衣衫掛進壁櫥，或是塞進床下的小皮箱，總是把衣裙摺好，像估衣鋪似地一疊疊擺在床上。睡覺時挪在床角，起床後再一疊疊擺好，這成為她每天應有的「秩序」。現在撥開衣服，兩腿掛在床邊甩掉綠色尖頭鞋。雙腳搬上床，兩手反托腦袋，凝視天花板。

小朱集中精神擦鞋，還斷續的溜出尖甜的歌聲，像對這禮拜天的生活，感到無限的寫意。忽地她停止動作，驚叫道：「妳吃飯了沒有？」

娟娟轉臉看她，懶懶地搔頭。

「妳快去吧！我已吃過飯，時間不多了。」小朱眼角瞟瞟腕錶。她們吃飯時間是十一點半到十二點四十。

汪娟娟翻身，面向床內，含糊地說：「我不要吃！」

小朱把鞋放在自己床下，鞋尖向外，並排擺好，蓋上絨布。零碎的破布和鞋油，塞進鞋旁敞口的空鞋盒內。用雙手拍拍白底小藍花的裙子，走近娟娟床旁，大聲嚷道：「『汪汪』！妳這麼想不開，還生大塊頭的氣？」

大家都說「娟娟」沒有「汪汪」順口；而且她們都有綽號，她用這暱稱，才算是公平。小朱彎腰把落在床下的灰色細條短衫和黑裙撿起，抖抖灰，拋進「汪汪」的床角。

「誰說我生她的氣？」娟娟蠕動一下，埋怨地說：「人家心裡煩死了！現在正跟自己生氣。」

小朱笑出聲。坐在床沿，右手推挪她的背胛，說：「事情過去就算了，何必跟自己過不去？同學間的——」

娟娟拍響床舖說：「人家是爲了……煩死啦！」小朱催促道：「說呀，爲了什麼？」娟娟翻身，直視天花板苦惱地說：「告訴妳有什麼用？機會滑掉了，九牛二虎也拉不回來。」小朱輕拍她的肩，笑說：「事情會那麼嚴重？妳不要忘了，我是『團長』，只要『團長』略施妙計，包管妳，嗯——萬事如意。」

娟娟沉默不響，不知道該不該把心事告訴小朱？小朱嘴敞，傳開了大家會笑話她。但現時心中藏了這又興奮又懊喪的事，眞憋得慌，正需要有個人談談，和小朱討論一下，也許會舒暢些。於是硬著腰坐起，兩手扯牢藏青棉質布的裙角，裹緊伸直的兩腿，側轉臉問：「你知道『畢克』吧？」

「唔——」小朱應著。「畢克」是工學院的一個男同學，大家公認他長得很「帥」，有點像葛里哥雷畢克，都願意和他接近。楊辣子曾和他有交往，現在似乎也看不到他們在一起。「你看到了他？」小朱追問。

「何只——呀？」汪汪說：「在圖書館門前，他向我微笑、點頭，馬上要和我講話了。妳猜我怎辦？」小朱說：「妳和他微笑、點頭、講話呀！」汪汪急搖雙手道：「那我還會跟自己生氣？妳眞想不到，我把臉一板，低下頭，一直衝回來了。」

她沒有把全部事實告訴小朱。他們同在一個圖書室中做功課，已有好幾天。他每天老坐在靠窗的座位，面向門外。她坐在靠門的一張桌上。他們斜對面坐著，不時互相捕捉對方眼神。她相信自己已給了不少喜歡和他接近的暗示了。男孩子需要暗示，沒有得到暗示，他們是不敢有什麼舉動的。現在他眞來接近她了，而她卻顯出小器相，低頭避開他。

「妳就爲這事對自己生氣？」小朱說：「這事做得並不壞呀。」汪汪搶著道：「還不壞！給他碰這樣釘子，他再也不會理我了。」小朱拍著她藍裙裏緊的大腿，笑說：「不要傻了！妳給他碰個適當的釘子，他會以爲妳是高貴呀。」

小朱看過許多小說，認爲自己很懂得男孩子的心理，總幫助別人策劃一切。但她還沒有抓住一個要好的男友。大家都笑話她，說是愈懂得異性心理，愈不會談戀愛。汪汪平時並不太相信她的話，現在經她一說，覺得挺有道理，心葉又活動起來。

「問題不在這兒，」團長站起打一個圓圈，拉開硬綳綳的木椅坐下，兩腿膝蓋抵住書桌，雙手摸著踝骨，慢慢地說：「第一、妳已有了王球——」

「好啦！不要再提王球啦，我們老早『吹』啦！」王球和她交往二年多，感情很不錯。一天在馬路上，爭論行人靠「右走」還是靠「邊走」的問題，幾乎去請教街頭交通警察。她對他那麼不懂得常識和不肯對女孩忍讓的態度，感到忿懣。離別後，他來找她五次，她都沒理他。或許再來一次，寫封誠懇道歉信，她就會答應與他和好，可是他不來了。不來也好，她現在有了「畢克」，「畢克」是學工的，王球是學文的。學文的永遠都穿破褲子，怎能和「畢克」相比。

「第二、你們的年齡——」

「何必談得那麼遠？」汪汪變色搶著說：「我們只想在一起玩玩，年齡大小有什麼要緊。」她高中畢業三年，才考取大學。大家都知「畢克」是讀書的標準年齡。她比他大三歲有什麼關係呢？只要他們相愛。愛情是不受年齡限制的呀！但她立刻想起他是不會愛上她的。他有很多女同學追求他，而她們都很美。至於她，映在鏡裡的面龐雖還秀麗，身材卻像甘蔗稈，他怎會看上她?!可是，誰知道呢？有些男人看不慣「8」字形的「夢露式」身材；專喜歡苗條的「赫本式」女孩哩！可能他就是這樣的，所以才……

「二〇八室──汪娟娟，有人找。」

那是看守宿舍大門老婆子的破嗓門。她抓著會客登記簿，從不走進寢室，總是站在走廊直著喉嚨喊。她們討厭她的聲調，但還喜歡自己名字、和「有人找」連在一起。

「妳看，一定是『畢克』來找妳了！」小朱跳起，打開門衝出去。娟娟歪倒床上。她想那又是王球來找她了。她還是不理他，也不準備見他。

一會兒，小朱跳進來，嚷道：「妳這人，眞是的！怎麼又躺下了？起來呀！『畢克』眞來找妳了。」

團長脹紅臉，急得跺腳。說：「誰尋開心？是眞的呀。」

「別尋開心。夠嘍！」

汪汪見是眞的，便一骨碌爬起。兩隻腳的大姆趾翹著，拖回一雙鞋。站在床前，彎起手指，梳理蓬亂的頭髮。這事來得太突然了，她拿不定主意該怎麼辦。內心說不出是喜歡、還是焦急。她又有點氣自己了，這樣平常的事，幹嗎要緊張？她立刻要衝出去會他，又想梳梳頭，換換衣服，整理得舒齊後，再飄逸地走出去。但那樣小朱定會笑話她，把「畢克」看得太重要。難道就這樣去見他？猛低頭看到自己長裙，滾在床上，已縐得像豆腐皮，怎能見人。於是她解下裙子甩上椅背，從床上的一疊衣服中，抽出淺咖啡百褶裙，攏在腰間比一比，打頭頂往下套。又在床頭墊被下，拖出一根黑色窄皮帶，束緊細細的腰，使自己更苗條些。她決定不換上衣，現在穿的粉紅色短袖衫，剪裁合身，顏色又和裙子相配。他在圖書室已看到她穿這件衣服，另換一件，就顯出自己緊張了。這上衣穿了二天，領口染有油污，她把漿硬的領子再提得高些，顯得又乾淨、又神氣。

她一下子就衝出房門，滑下樓梯，也不知道自己是怎樣溜過走廊的，很快地到了大門前。見「畢克」扠著腰在宿舍門口踱方步。他一定等得不耐煩了，她想。

他掉轉身，已看到她，迎著走來，點頭、微笑……她腦中「嗡嗡」的響，以爲這是夢。她不敢直視他面龐，眼皮垂下，見甬道上晃動著大紅的、翠綠色的裙裾，銀色的尖頭鞋，密佈黑色細方格……甬道旁有碧綠的小草，在陽光下閃爍。一個房間裡收音機中，傳出狂熱的音樂聲夾著口哨……

「我在飯廳等妳很久，」他微笑地說：「妳爲什麼不去吃飯？」

「哦——我有點不舒服。」這時她覺得餓了，才想起自己沒有吃午飯；但怎能把不吃飯的理由告訴他。她立刻想起這樣說法對自己很不利，接著道：「實際上並沒有什麼，只是胃有點發脹，不大想吃東西。」

「那就好了，」他說，搖動手臂和上身：「我們組織了划船隊，想請妳參加，如妳身體不舒服，就大殺風景了！」

「什麼時候去呢？」她感到高興起來，即或有點不舒服，也要勉強陪他，不能使他太失望。但她不能立刻答應他。她說：「我要看看有沒有時間。」

他抬起手腕看錶：「時間不多了，兩點鐘出發。」

她沒有作聲，意識到自己有被輕視的感覺，他這樣匆促的邀請，如不是沒有誠意，便是認爲她骨頭輕，準會隨請隨到。她怎能接受這樣的侮辱？彷彿他也看出她臉上不滿的表情，隨即帶著歉意說：「我們本來有六個男同學，六個女同學，今天突然病倒了一個，所以——」

「那麼，我就頂她的缺？」她覺得更不舒服，話中還夾些酸溜溜的味道。

「是啊。」他答，右臂揮動著：「不過，那沒有關係。我們二人划一條船，誰和誰在一起，抓鬮決定，妳是臨時參加的，可享受『優待』，由妳選擇自己喜歡的同伴——男女同學當中，都有妳認識的人。」

好啊，他的理由多麼正大，心地也很光明磊落，妳是沒有辦法拒絕他的。這正是妳獲得的好機會，可以多認識一些新同學，誰能預料在一次或多次划船中，不會發生奇蹟。橫豎王球已經完了，現在正是春天，妳該多參加團體活動，結識更多同學……王球也認識「畢克」，和「畢克」在一起郊遊，王球會立刻知道，好！瞧吧……。

「哦——我不要享受優待，」她說，笑笑：「我也抓鬮。」

「那太好了，」他拍響手掌：「可是，妳還沒吃飯！」

「不要緊，」她說：「我可以吃麵包，麵包容易消化。」她覺得，有了愛情，麵包就不太重要了。

他伸直右臂，平橫在胸前。彎腰，行一個滑稽的鞠躬禮。說：「兩點，在火車站見。」

她車轉身，慢慢走向寢室。回想起在大門前和「畢克」談話時，同學們所表現的驚異之色，她就感到好笑。當然，她和他在一起，沒有看到同學們的嘴臉，但她可以想像得到，他們一面走一面在笑話她：那樣的一隻醜小鴨，也配得上「畢克」？可是，他現在是和我談話了，我們將在一起玩、一起笑，白天、晚上都在一起……他會在一個黑暗的角落裡，喘急地說：「我愛妳！」他總有一天會說——現在還不能決定。他不說，王球會說的……

她對自己忽然想及王球，感到氣惱。爲什麼要想他呢？他已忘記她，她憑什麼要惦念他！今天，她的腦子實在想得太多、太荒唐了。她要趕快回到寢室，把這消息告訴大家，使大家驚羨。不，她先要告訴小朱，小朱是個好人，好人才關心別人憂樂。在她和王球鬧彆扭期間，只有小朱關心她，不時問長問短。其餘的人，都用冷漠、嘲諷的目光看她。有時她獨自從街上回來，她們還會問：「今天玩得痛快嗎？」現在，她已有了

「畢克」，她們將舉起大拇指說：「妳眞了不起！」但她一定要謙虛地回答：「那算什麼呢，我們只是在一起玩玩哪！」她還不忙著告訴她們，先要聽聽大家怎麼說。她們大概都吃完飯，小朱已告訴她們一切了。

她站在二〇八室門前，門沒闔攏，留有兩手指闊的一條縫。她輕握圓滑的木門把準備推開時，房間內鑽出譁然的笑聲。接著就是楊辣子的尖高音：「『汪汪』這次一定上圈套了！」

好！大家正談到她；但她爲什麼要上圈套呢？她必須繼續聽下去。

「妳的意思，我還不懂。」那是大塊頭的粗啞喉嚨。

「這有什麼難懂的。」辣子聲帶裡還夾著笑意：「他們抓鬮時，預先做上暗號。『汪汪』一定和王球合划一條船。到了河心，大家都把船划得遠遠的，只有她和王球在船上，王球還不好辦麼？」

又是一陣轟笑。

「我眞不明白，『畢克』爲什麼要這樣做？」團長像要研究這計劃，定要把全盤情況弄清楚：「他這樣做，有什麼好處呢？」

「好處！」辣子尖叫道：「人家和王球是朋友啊！爲朋友幫忙，人家是肯犧牲自己的——」

「盡說『人家』、『人家』、人家是誰呀？」大塊頭滔滔地說：「『人家』把這些都告訴妳，妳和『人家』是什麼關係呀？抓鬮時，是不是已做了暗號，『人家』一定和妳合划一條船呀？……」

譁笑聲和扭打聲混在一起。「汪汪」鬆開門把，手心浸滿冷汗。她退回二步，舒口氣，現在已完全明白了。因爲她不理王球，王球便告訴「畢克」，「畢克」才想出這計劃來幫忙，引起她那麼多的幻想。她眞有點恨王球，他可以當面求她，寫信給她，爲什麼要鬧得這樣滿城風雨呢？就是同划一條船，她也不立刻答應他……但「畢克」怎麼辦呢？當然，她不喜歡「畢克」，只想和「畢克」在一起玩玩。「畢克」說話時，頭、手、腳、身體都在搖動。年輕、漂亮有什麼用呢？那並不是一個好丈夫的「標準」哪。他不如戴近視眼鏡的王球有風度……她詛咒自己又想到王球，於是踏響腳步，猛推門，跨進房間，再用力闔上，門窗玻璃又抖動了。

大家都說：「噢——她回來了。」楊辣子原是坐在書桌上，這時跳下迎向她。問：「怎麼樣？」

「老樣子。」汪汪說，冷冷地。

大家見她的臉色不對，懷疑地互看一眼，便沉默下來。楊辣子摸不清原委，也不敢開口。停一會兒，大塊頭走近她，說：「我在飯廳，聽說幫我們燒飯的老頭，上街買菜，腿被汽車壓傷，已送到醫院。大家說他服務熱心，同學都自動捐款，我也幫妳簽了名——」

娟娟猛坐在床上，盯著室長：「妳不徵求我同意？」

「都是一樣的，以寢室為單位，每人十元。」室長順嘴地說。

「可是，我只出五塊。」

「何必呢？妳一定要我賠五塊錢？」室長又記起剛才吵架的事，想把空氣變得輕鬆一點，說：「今天妳有特別高興的事——又增加了『營養』！」「營養」是異性朋友的別稱。

「誰增加了『營養』？」

室長側轉頭，看辣子一眼。慢慢吞吞地說：「『畢克』不是請妳去……？」

「不要想得那麼天眞吧！」娟娟揶揄地說：「那是王球請他做說客，要我陪王球划船。」

辣子猛跳在她們中間，問：「誰說的？」

「『畢克』！」

辣子轉頭對小朱說：「想不到學工的『畢克』，卻是個笨蛋！」

娟娟沒有理她，但心中卻說：妳才是個笨蛋哩！

「那麼，妳去嗎？」團長確是很關心她。

「當然要去啊！」汪汪說：「有人請，不去才是傻瓜呢！」說著，站起身走向門口。

「妳現在就走了？」團長又問。

「不。」她說：「我要到福利社去買麵包。」她跨出房門，覺得自己除了要用麵包塡好肚皮外，還要想想，和王球划一條船時，該給他碰怎樣適當的釘子，報復他的無禮和愚蠢……。

局外人

謝明麗縮在公共電話亭內，是第四次抓起聽筒，用顫慄的手指，撥動一個一個號碼了。

心懸著聽那「嘟嘟嘟……」的鈴聲，腦中卻在揣測那陌生人是粗糙的男高音，還是嘶啞的破嗓門？

前三次撥號，兩次是在講話中，其中一次電話鈴雖響了，對方已抓起話筒，但她在驚惶、疑懼中，還沒聽清接電話的是誰，便緊張地掛斷。

她側轉頭，見路燈昏黃的光，塗在電話亭油漆斑剝的鐵門上，而潘震通正一手拉著門把，一手撐在亭壁，用鼓勵的目光凝視著她——她似已無退縮的餘地。

握緊話筒，咬緊牙關，接受那撞擊心弦的鈴聲。她下定決心，不管是誰拿起話筒，她一定要和對方痛痛快快地說話。

這確是又緊張、又痛苦的時刻——實際上，她已有兩次和對方通話的經驗。第一次是個男孩子，回答「爸爸不在」，便掛斷電話。第二次接電話的是個女人，盤問得她心悶口吃，快要摔掉話筒了，對方才擲出幾截冰塊：「謝治修不在家！」

她眞擔心，如果運氣不好，仍是那個兇巴巴的女人接電話怎麼辦？

好了，有人抓話筒報自己的電話號碼了。

明麗聽出那是低沉的男性聲音，覺得自己熱烘烘的心快要從胸腔躍出了，像按捺不住那蘊藏多年的興奮，連連回答幾聲「喂！喂……」

對方用不耐煩的聲調問：「妳找誰？」

「請問，謝治修先生在嗎？」

「我就是——妳是誰？」

「我……我是……」她感到喉頭發乾，腦中（耳中）一陣雷鳴，又想摔掉電話逃出電話亭了；可是，當她看到硬撐在亭外的潘震通，用驚異、欣喜、期待的態度，睜大眼睛盼望著她的消息，不得不振作精神，用艱澀地聲調說：「是明……麗，我是謝明麗——」

「謝明麗？」對方似在努力思索、回憶：「我不認識妳，妳是誰？」

明麗覺得額角上的血管或是神經快爆炸了，分不出自己是憤怒還是欣喜。但潘震通已拉開門，走進電話亭，一手撫著她肩頭（像從他厚實的手掌中，傳給她無限的勇氣和力量），一手揮舞示意她快說。

「我……我是你……你的——女兒——」最難說出口的話，終於擠出口腔了，明麗覺得有一種虛脫感，也彷彿有完成一種責任或使命後的輕鬆。她看到潘震通臉上洋溢著滿足和勝利的微笑。難道自己是徹底失敗了？她突然感到迷惑起來。

她一直不要打這個電話，更不想說這樣的一句話；爲了潘震通才如此做——爲什麼要接受他的安排？她對自己如此軟弱和無助，微微感到氣惱。

對方似在吃燙山芋，舌尖連連滑動：「妳……妳在說……說什麼？」

明麗彷彿看到對方快要暈倒在電話機旁了。諒他絕對想不到會有這樣一個怪電話——這電話像是夢魘，像是沒有警報就落下的原子彈，這該是最使對方痛苦、焦躁、懊悶不安的時刻。

但她體會出接通一次電話不容易，和對方說話的機會一遲疑，就像漂浮在空中的氣泡一樣抓不回來。

她要緊緊抓住這機會：「我是錢友燕的女兒，我還姓您的姓，我叫明麗。」

潘震通輕拍她的肩頭，似在鼓勵她、嘉許她的理直氣壯——她現在一切像都爲潘而活著的了。

然而，此刻卻聽不到對方一點聲息。不知是被嚇昏，還是緊張得掛斷電話？

時間似乎被一隻無形的手切斷，明麗全身的血液也彷彿凝結、堵塞了。滿面顯露得意之色的潘震通，怎能了解她此刻的心理狀態。

幸而電話那頭乾咳了一聲。對方諒已憶起自己的身分和責任，用結結巴巴地軟弱聲調問：「妳……妳有什麼事？」

問得好輕飄。媽媽忍辱含悲的二十年歲月，和這話不成比例。對方也許從沒想到過媽媽，但是，明麗絕不能那麼輕鬆——潘震通仍在身旁一直用手勢和目光督促著她。她不得不認眞地說：「我們要見您——」

「你們？」

「是的，媽媽和我。」明麗已從窒息中甦醒，明確地記起自己的任務：「您什麼時候有空？」

電話那頭又沉寂了。該是料想不到的約會。比外太空降下來的人還可怕。還沒有榫頭。該不知道用什麼方法應付了吧。

「您放心，我們只想見見您，不會要求什麼——」明麗的話說不下去了。因爲她不知道見面後，會有什麼發展；而且媽媽怎麼決定，她更無法預測。

「好吧！」對方說：「明兒晚上八點，在『佳城』見面。」

接著他又說明「佳城」咖啡屋的詳細地點，才掛斷電話。

可是！明麗的話筒仍握在手中，僵直地屹立著。潘震通輕柔地撫著她的手背，把話筒摘下掛在電話機旁，淺笑著說：

「恭喜恭喜，恭喜妳有了父親！」

明麗對他撒佈的笑意，沒有激起絲毫反應；反而覺得整個電話亭充塞了鬱悶氣氛。他這句話是什麼意思？

她本來就是有父親的；只是他不相信，才逼著她打這個電話。本來，她和母親是快快樂樂生活的；這電話打通以後，也許就不快樂了。尤其是母親，不知道會有什麼樣的心情——她找回了有名無實的父親，母親也許更痛苦。這還有什麼值得恭喜的地方。

「對我來說，你眞覺得父親是這樣重要？」明麗掙脫他的掌握，推開門，走出亭外，冷冷地問。

「當然。」潘震通也跟著她，輕輕擁住她的身體，彷彿是在擔心她會跌倒：「妳現在不是比以前快樂些了麼？」

明麗微微搖頭，沒有把心中沉重的感覺說出口。停頓了一會兒才轉換話題：「明兒晚上，你和我們一道去見他——見我……我父親？」

「爲什麼要我去？」潘震通陡地站住，面對著她驚訝地問。

「你想想看吧！如果這次不見他，以後也許再沒有見面的機會了。」她說完，沒有等待對方回答，而且覺得自己心中非常慌亂，無法和潘震通討論。手一揚，攔了一部計程車，匆匆地坐上，關起門駛走，把在路旁愣視的潘震通留在車外。

…………

媽媽在聽完女兒用興奮地語調，敘述打電話的經過以後，仍木然坐著，沒有任何言語和動作。

明麗詫異的問：「這是個很特別的好消息啊，媽不感到高興？」

「高興？」媽媽覺得心底似乎有股冷泉，向四處迸裂、氾濫。她只想哭——大聲的哭，但她不願意在女兒面前表示懦弱：「妳高興就好了，不必管我……」

「媽，二十年了，是多長的日子啊！」女兒誇張地揮動右臂：「多難得的機會啊！老早就該找……」

明麗沒有接著說下去；但母親知道她要說什麼。同住在一個城市裡，相隔並不遠，老早就該去找謝治修了。

時間是由一日、一月、一年……慢慢凝積成二十個年頭。早晨、白天、夜晚，曾興起過多少次找他的念頭，都被自己倔強的意志打消了。怎會在二十年後的今天去找他？

「我不要見他。」媽媽突然說得很大聲，自己彷彿也吃了一驚：「還是妳自己去和他談一談吧。」

「可是，我打電話之前，是和媽商量過的。」

「商量過的？不錯。」媽媽的精神振作起來，認眞地說：「我現在想通了，我沒有理由要去見他。」

「爲了我啊！」

「爲了妳？」媽媽突然打了一個冷顫，恍惚間有一股無形的力量緊緊壓迫著自己，感到呼吸困難。

又是爲了妳！她這一生，都爲明麗斷送了。也可以說是因爲有了明麗，才落到今天如此的地步。

當時，她才二十歲（和明麗同樣的年齡哩），在商職畢業不久，進一家公司做「小妹」。送公文、聽電話、倒茶水……工作輕鬆，總務處的謝科長還等別照顧她，要她做些抄抄寫寫，記記帳的工作。她進公司的時候，就是想升爲職員的，現在科長這樣器重她、照顧她，升級不是就在眼前？

她陪科長看電影、跳舞、郊遊……那是爲了自己的前途才樣樣百依百順——不完全對。科長年輕英俊，會做事，會說令人喜歡聽的話。男孩子有這麼好的條件，求都求不到，爲什麼還要拒絕他的一切要求。

然而，事實和幻想的距離非常遙遠。當她要求和他結婚時，他才輕鬆地告訴她：

「不行，不行，太遲了，我已有太太和孩子了。」

她像從雲端倒著頭栽入海洋，先是一陣輕飄飄的搖晃，接著身體和靈魂彷彿都窒息了。但她明瞭自己的責任，還得從閉塞中透出氣來，從脾肺中壓榨出一個一個冷澀的字：

「可是，我……我有……有了……」

科長的臉色發紅、發白再發青：「妳是說妳有了孩子？」

她看到對方的態度，和聽到他說話的語氣，兩行熱淚急速從眼角湧出。她的心碎了，理想破滅了，眼前的偶像倒坍了……

「誰教妳這樣不當心！」科長用冷漠、嚴厲的口吻責怪她，像指責一個不肯讀書而逃學的孩子：「妳已經不小了，該知道怎麼做；如此粗心大意，該知道有什麼後果！」

她哇的一聲哭了。誰知道「後果」呢？唯有他自己才明白負有多大責任。他一切是那麼自信、表現出權威；而她又是那樣的信任他，不想違背他任何意願；現在竟把責任推在她身上。

哭忍住了，淚水也強迫自己嚥下去。因爲她要和他研究：「我們該怎麼辦？」

平常頗有自信的科長，說不出解決問題的辦法。他不可能拋棄太太和孩子，當然不能和她結婚；那麼「後果」眞的要她自己負責了。

一次接著一次談判，終於挽不回失敗的事實——她要放棄科長，更要放棄孩子……

然而，科長是放棄了，孩子並沒有放棄；孩子已長大得能打通電話，此刻要求她去見二十年前的科長，她該拒絕嗎？

一切都是爲了明麗？明麗的生存和快樂，才是她生存的中心和目標？她苦惱地責問自己。

雖然她離開謝治修二十年，但每天看到治修的化身——明麗的音容笑貌，她仍然活在愛的世界裡。儘管在剛離開他時，非常不諒解地怪他、埋怨他、詛咒他，甚而至於恨他；但同時以孕育一個曾經使她熱愛過的人的形象爲滿足。無限的歲月，在她愛與恨交織的艱辛中消逝。她已強迫自己接受命運安排，強迫自己忘去那使她椎心泣血的事，忘掉那個又愛又恨的人，可是明麗卻硬要她去見他。

「是妳需要他，是潘震通需要他，」媽媽輕輕吁了一口氣：「還是妳和震通去見他吧！」

「可是，我不認識他，他也不認識我——」明麗躁急地一口氣說下去：「我見他是爲了什麼呢？有什麼好說的呢？」

母親用責怪的神色看女兒一眼。此刻講這樣的話有何用處。多少年來，明麗一直希望有一個爸爸（人皆有「父」，緊我獨無），她一直搪塞著，爸爸出國了，就要回來了。明麗年幼時還容易欺騙；但慢慢長大，就知道了：爸爸爲什麼沒有信回來？那麼就只好騙她說是死了。日子一久，明麗又發生懷疑：爸爸得的是什麼病？墳墓在何處？

在明麗高中畢業的時候，她認爲女兒可以了解也可以接受那既成的「事實」了，才把事情的原委說明白。

不錯，明麗接受事實眞相了；但跟著來的是對父親的崇拜、渴慕、熱愛……希望能見到他，和他談話，敘說多年來的孤獨；尤其在和潘震通的感情有了很大進展以後，更日日要求和爸爸見面。她不得已，才把謝治修的地址告訴女兒。

父女是天性，見面後一定會有話好談的；是不是認識那並不重要，可以有很多方法，使他們一見面就認得出誰是誰的。但是，她該不該去呢？去了以後，對自己的未來生活是好還是壞呢？

明麗諒是覺得她沉默太久，無法決定，所以又搶著說：「二十年不見面了，誰知道人會變成什麼樣子，媽媽該去看一看，證實一下呀！」

媽媽點點頭，明麗這孩子確是長大了。以前她一直說是爲了想和爸爸見面才打電話的，誰知道眞假——說不定是爲了媽媽才故意這樣說的。

謝治修變成什麼樣子，對她來說，又有什麼要緊。但她是爲明麗活著——此外，還有什麼目的呢？爲了明麗的自尊，爲了明麗過得快快樂樂，她是願意犧牲一切的。

「我陪妳一道去。」媽媽站起來，撫著女兒的肩頭，像要把多年沒有讓她知道父親或是沒有讓她和父親生活在一起的歉疚，從手掌傳遞到她身上。

「媽，您眞好！」明麗轉身抱著母親，將臉貼在母親胸前，似在掩藏著面頰上流淌的熱淚。

燈光似乎特別刺目，電子琴聲也噪聒得使他坐立不安。謝治修換了一個斜坐的姿勢，剛好目光正對著進門的走道。只要有人走進「佳城」，他一定先遠遠的看到。

可是，時間還差五分鐘，她們母女不會提前到達的。

從昨天放下明麗的電話起，他就在腦中描摹錢友燕的面貌、身材、服飾……但想來想去還是二十年前的老樣子，無法把四十歲左右中年婦人的情景，和錢友燕的身影吻合。至於明麗是個什麼樣子，更無從揣測，唯有等待見面時再仔細觀察她的形象了。

等待再等待，八點十分才看到像是母女二人的樣子走進來。不對，另外還有個男孩子和她們走在一起，該不是明麗的弟弟吧？

眞後悔沒有在電話中問清楚，明麗現在的父親是誰？還有幾個弟弟妹妹？現在發覺已經太遲，如轉身撤退，那就表現得太沒有風度了。不管錢友燕嫁的是誰？他只是和她見見面，還有她的兒女——還有自己的女兒。這帳眞難算哩——該不是太過分的事。

距離愈來愈近，已看出友燕的神情和行走的姿態，胖了不少，諒生活過得很愜意。隨在她身後的明麗，倒像是她母親二十年前的模樣，只是身材稍爲高了些，而那個男孩的樣子太怪，他不想多研究，只用不屑地目光瞥了一眼便站起身，做迎接客人的姿勢。

大家坐定了；女侍也問清客人需要的飲料。

這場面眞尷尬，四人乾瞪了一會兒眼，不知說什麼好。然而，他是主人，必須打開僵局。

他乾澀地問：「明麗是在讀書？」

明麗凝視著爸爸：「今年大一。」

爸爸指著那男孩。「他——他呢？」

「噢，我忘記介紹了。」明麗皺皺眉頭：「這是我同學潘震通。」

治修突地像被人在背後搗了一拳，似乎連還擊的機會都沒有找到似地那麼沮喪和失望。原來不是友燕和丈夫生的孩子；但他來這兒幹什麼呢？

震通欠一欠身羞澀地說：「我可以叫您謝伯伯麼？」

廢話，治修心底對自己說。但表面仍溫和地說：「當然，當然。」

「如果有一天，我和明麗結婚，您會出面主持——婚禮？」

「這……這個？」治修像被捅了一刀，更無法答腔，只有用目光向她們母女求援。

明麗開口了：「潘震通，你胡說什麼？誰要和你結婚？」

「我是說，到了那一天——」

「好了，」明麗的話斬釘截鐵：「你已看到我爸爸，你該走了！」

「是的，是的，我要先走一步。」男孩站了起來：「你們談談，我在門口等妳們。」

治修覺得這男孩拙稚得可笑；而明麗又太任性了點，怎可如此對待男友呢？她們母女二人，都有攔阻那男孩離去的意思；但只是在面容稍爲表示了一下，並沒有阻止的行動，任他蹣跚地離去。

現在，他是主人，必須使氣氛調和。

他又乾咳了一聲向友燕說：「這些年來，妳過得幸福嗎？」

「幸福？」友燕的眼皮眨了眨：「我幾時幸福過——你應該知道啊！」

他還沒有聽懂她的話，而明麗搶著說：「媽媽一直和我在一起，獨自把我帶大、養大，還賺錢供我讀大學，媽媽好辛苦啊！」

治修的腦門一陣嗡嗡響，彷彿在拳賽中，被對方反復捶擊得僵倒在台上，數到十仍撐不起來。同時覺得整個大廳——整個世界的人都在責罵他、嘲訕他……

這麼多年來沒有結婚，是怎麼生活的？她沒有很好的學歷，家庭也不富有；而且又是一個未出嫁的媽媽，人前人後抬不起頭，是不是天天在盼望他回去或是在埋怨他、詛咒他？如果能有一份好職業也許還可以打發時光。

「一直在那兒工作？」他擔心地問。

友燕冷笑了一下（唇角仍留有當年嫵媚的韻味）：「有了明麗，那兒還能工作？那時候我離開家，完全是自立謀生。」

為什麼要離開家呢？那不是生活更艱困了。該不是為了他——她家中的人一定不原諒她這未出嫁的媽媽。她眞是個堅強的女人，有了那麼多困難，離開他後，再沒找過他——寫一封信或是打一個電話來，他會盡自己力量想辦法幫助她的。

治修突地感到躁熱起來，室中昏暗的燈光，像是嘲弄似地向他眨眼。他是一個不負責任的男人？從她噙著眼淚離開他後，她就像斷了線的電話再也沒有音訊了。心中偶然掠過她的影子，有一些歉疚和思念衝擊自己內心隱秘的角落，但並沒有作適當的處理，是懦怯，還是自私？

突然，他打了一個冷顫，覺得自己的脊背被汗浸透了。他惘然地說：「妳現在靠什麼生活？」

「我學了洋裁——」

明麗搶著說：「我們家開了洋裁店，媽媽的手藝遠近聞名——我身上的洋裝，就是媽媽剪裁、縫製的呢！」

他看看明麗身上淺色的洋裝，剪裁合身，而且大方、挺直，這該是媽媽對女兒愛心的最具體表現；但慚愧的是他這做爸爸的，沒有盡到任何責任。

當然，是友燕賭氣沒有找他，把撫養女兒的事告訴他，如他知道這事實，會盡父親的責任的。然而，他一點都不知道，讓她們母女在茫茫人海中獨自摸索淒苦而無助的生活——他該負遺棄的責任嗎？欠女兒的這份親情，用什麼來補償呢？

「明麗，這衣服眞漂亮。」他一語雙關的說：「穿在妳身上更好看。」

女兒惶惑地睜大眼睛，像費了很大勁，才掙出兩個字：「爸爸！」她又轉臉看媽媽一眼再說：「你應該知道，媽媽一直好辛苦哩！」

「我知道！」

「我可以時常去看爸爸嗎？」

他愣了一下，搖搖頭：「不行，妳可以打電話給我，我來看妳……看妳們。」

「不必了。」媽媽冷颼颼的聲音插進來：「我們的生活很平靜，不需要旁人來干擾。」

他和明麗都用驚詫疑慮的目光看著她。她面龐表現出安適和寧靜，看不出絲毫惱怒和怨恨的神色。誰知她內心是怎樣想、怎樣決定呢？

明麗大概是怕他誤會她，搶著說：「媽媽今晚上都不肯來，是我硬拉來的。」

母親不理女兒的話：「我們也不想打擾你的一切。」她低聲問女兒：「妳的話講完了沒有？」

「媽媽，我一時還想不到要講些什麼。」

「那麼，以後再說吧！」母親扶著桌子站起來：「我們該回去了。」

可是，女兒還坐著不想走：「媽，再坐一會兒嘛！」

謝治修突然驚醒過來，口吃地說：「請等一等。」他伸手在胸前插袋摸索了一下。不對，錢包沒有放在這兒。於是伸手到臀部褲袋，掏出了皮夾。拉開拉鏈，把幾張鈔票全部拿出來，在眼前晃了晃，就直伸在友燕面前：「我身上帶的不多，只有八百塊錢——」

友燕眼中顯出惱怒的神色，兩手緊抓著皮包，僵立著沒有任何動作，只是嘴裡喃喃地說：「八百塊，又是八百塊……八百塊──」

謝治修像一個背不出書的小學生，既怕被老師處罰，又怕被同學笑話；眼前的友燕像極了老師，而明麗的一對眼睛，比千萬個同學還要厲害。

他不知道自己是故意還是無意如此，剛好拿了這麼多錢。記得二十年前最後一次見面時，他也是拿了八百塊錢交給她。

她豎著眼睛看他手中的鈔票：「你這是什麼意思？」

「妳去找一家醫院──找一個可靠的醫生，我相信妳會把這件事處理得很好的。」

「你陪我一道去嗎？」

「那不必了。」他忽然之間想到許多問題，例如名譽、責任，法律……等等：「妳可以先打聽一下，錢不夠，再向我拿──」

當時，她用那抖索的手，抓著八張又縐又髒的鈔票，胡亂用手擦乾眼淚走了。以後就一直沒有看到過她。他以爲手術一切順利，她已重新振作，做個煥然一新的人──爲什麼就想不到再去打聽一下消息，未免顯得太薄情了……

不。他從罅隙中爲自己找理由辯護。他是希望友燕能不受他的干擾，而能過正常的生活、安定的工作，交男友、結婚……誰會想到她忍辱含羞的把孩子生下來，並撫養長大。

「八百塊確是太少了。」治修這時仍感到自己的心跳，不，感到對方的心跳。當他想到用這點錢，維持她和明麗二十年的一切費用，面皮確是一陣發燙：「妳把地址告訴我，我會慢慢送錢去。」

「那不必了。」友燕似乎學他二十年前的聲調：「我們不需要別人幫助。」

「不是幫助，只是表示我一點點心意——給明麗買書和化粧品用的。」

友燕在思索片刻後，轉頭問女兒：「明麗，錢是給妳的，妳需要嗎？」

明麗的目光，由媽媽的眼睛移到爸爸的臉上，然後搖搖頭：「我不要，我什麼都不用，我在電話裡就說過了，我們不會要求什麼的。」

謝治修拿著錢的手，似已無法縮回，同時有被她們母女猛摑一記耳光，而且無法還手的感覺。心中有股氣向上逆伸，因此說出來的話也有點毛毛躁躁：「那麼，妳們又何必來找我？」

母親一臉的木然，彷彿有不知從何說起的表情。

「我是要和別人一樣有一個眞實的爸爸，而不是在雲霧中想像的……」明麗沒有說完，便從皮包中掏出手帕擦眼淚。

母親上前拍著女兒的肩頭：「孩子，別難過，我一直在照顧著妳，妳比別人還算幸福得多；我們還是回去吧！」

友燕沒說一句話，硬著脖頸向外走；女兒拉著媽媽胳膊再扭轉頭低聲說：「爸爸再見！」

他愣視著，不知如何是好，只能連連點頭說：「再見，再見。」他還想告訴她：「妳可以常常打電話來。」但是，他已沒有機會再說，因爲她們母女二人，已走到門口；而候在門口的那個青年，正衝著她們熱烈而慇懃地打著招呼。霎那間，他們似已凝集成一體；而他發現僵立著的自己，只是一個局外人而已。

「弱者女人」

吳樹芬洗完鍋碗瓢勺，解下藍布圍裙，隨手掛在廚房竹片牆上一隻生滿鐵銹的長釘上。

她用一個旋轉的舞姿，轉身看燉在煤球爐上的鋁質茶壺。壺嘴沒冒熱氣，也沒有聽到呼嚕嚕的響聲，距離水滾還不知多少時間。就是水滾了她也得先把滾水灌在大嫂房內和起坐間的兩個熱水瓶，然後再燒一次，準備大嫂洗澡……可是，今晚她沒有時間等那麼久，她要去赴一個約會。大嫂罵就讓她去罵吧！她被罵的次數已太多了。

跨出廚房，一閃就溜進自己小房間，打開衣櫥拿出準備好的自己認爲最滿意的一身衣裳。那是一條深灰色夾別丁的緊身裙，配著淺藍的細線套頭毛衣，白綢襯裙是鏤空花邊。這幾件衣裳都是新的，一次都沒有穿過。爲了趕製這身行頭，曾受了大嫂很大的氣。衣服做好，反而不需要了，因爲她已和男友鬧僵；卻想不到現在又用到這套衣裳了。

她覺得唯有穿起這身衣裳，才可表現出她全身美麗和奔放的青春。今天和他這次會面很重要，她要使他改變對她全部的觀感。她要使他對自己迷戀，對自己陶醉，然後才可以控制他……她認爲上一次她表現得太懦弱了，這次她要彌補上次的損失，把女孩子尊嚴全部收回。對於上次的事，到現在想起來還覺得有點不舒服……那是上星期六的事。她走出火車站時，便見和她坐在同一座位的男人走在她身旁。一會兒，他已走在她的前面，掉轉頭來注視她。她如避開他的目光就好了。沒有，她也同樣的盯著他，看他究竟要耍些什麼花樣。

接著他就停下來問：「妳到那兒去呀？」聽他口氣，像三年前就和她相熟似的。

本來她想給他碰個大釘子，搶白他一頓。但立刻轉了一個念頭，和他談幾句話諒也不會壞事。

「到電影街去。」她簡短的說。

「我們一起去看電影好嗎？」

「得寸進尺」，她想。但她是和大嫂嘔氣才走出來的。每個禮拜六大嫂總是要嘲笑她，問：「男朋友又不來找妳啦？」或是說：「年紀輕輕的爲什麼不去度週末？」可是，她已和他鬧僵。說得嚴格一點，她根本就失去了他。她是女人，女人不能主動的去追求男人啊！大嫂已全部知道他們的事了，還要那樣的譏諷她。現在有這樣的男人，會自動請她，要陪她在一起——她獨自出來，原是想看電影的，但她擔心會碰到以前的男友和別的女孩在一起，她孤單單的可憐相被他們見到了，那是多麼的難堪呀！

「不知道現在是什麼時間。」她說。

「六點半。」他說，舉起手臂看腕錶：「看七點的一場正好。」

她沒有作聲。這並不表示她已默許他的請求，因爲她正氣憤自己爲什麼要說出那樣的話。她是可以答應和他一道去看電影的，但她一定要把那句話說得很巧妙、很得體，使他覺得她是非常的高貴。如果不是他的容貌英俊和態度誠懇，她一定不會答應的。說實話，他的態度並不算很誠懇；外表確是很「帥」；身材很高很結實，年紀可能不到三十歲，鐵灰色的細條西裝筆挺。和他走在一起，碰到以前的男朋友，她就可以昂起頭，扭著臀部把高跟鞋踏得特別響……。

「三輪車！」他喊，左手一揚：「新生戲院。」

停在路旁的三輪車，立刻橫在他們面前，似乎她再也無法拒絕。不，她實在不想拒絕。坐上車時，她聽到他說：「妳很漂亮！」

她從貯有半盆水的瓷盆裡，對著床頭小方桌上的圓鏡擦自己的臉孔。皮膚上的污垢像被擦淨，顯得更細膩滑潤。她想到胭脂和口紅，如果加上這些，她的面龐也許會更漂亮。但只有大嫂房內有那些化妝品，她跑去拿它，大嫂一定會問長問短。在沒有眞正和他建立感情時，還是瞞著大嫂的好。而且，她也不知道他是喜歡樸素的自然美，還是人工修飾的鮮艷色彩。這要等和他來往久了，可以從他言語中聽出他的意見——噢！她不知道的事情太多了。他的職業、他的住址，他都沒有告訴她；她也不知道他的年齡、家庭……可是，她自己卻付出太多了。在三輪車上，她在空中用手畫著自己的名字，他還說看不清楚，伸手出來讓她寫在他的手心上。她剛寫完，右手就被他握住。三輪車才過半條街，他的手臂已圍繞在她的肩頭。

當然，他做這些動作很熟練，也很自然，像是她多年的密友；如果她拒絕了他，就顯得生疏和小器了。在當時她確有那種把握，只要她的態度和言語，稍表示一點抗拒的樣子，他就會規規矩矩的坐在她旁邊。但她爲什麼要那樣做呢？她是一個女人，絕不願意當一輩子老處女，就讓他對自己親暱一點吧！

在電影院中，他們一直互相握著手，不時他還一直伸過手臂摟著她的腰。她想，只要他不冒犯她的尊嚴，她會容忍一切的。影片上映出男女主角在游泳池中熱吻鏡頭時，他的手臂摟得她更緊，她自己也感到全身的毛孔鬆散，內心特別緊張。她自己察覺脈搏在劇烈的跳動，銀幕上只是白茫茫的一片。突然她發現他的右手揭起了她的裙邊。她打了一個冷顫，急忙推開他的手。疊架起兩隻腿，用黑地紅方格的棉布厚裙，緊緊裹著膝蓋。以後他就一直很規矩了……

她脫下身上的黑毛衣和濃咖啡色的大裙子。突然想起那天她沒有穿襯裙。她全部的衣服都很隨便，使別人一看就知道她是一個滿不在乎的女人。可是，她並不是那種女人啊！大學沒有考取，男朋友就不理她了，考不取大學並不是她的錯。她住在鄉下，早晨趕到考場，已經遲到。第一場考的國文，考卷上寫著「作文題在黑板上」，她抬頭一看，黑板上只寫「麵條」二字。考卷上寫得滿滿的都是麵條的做法、吃法……一位監考的先生走近一看，說：「妳怎麼寫這題目？」她才知道作文題目被擦掉，她糊糊塗塗地寫……落第了，大家都說她是飯桶。現在恐怕那男人要認爲她是不規矩的女人，所以她一切的事都不想告訴他。

離開電影院，他和她走進一家有電梯的咖啡館。她問他做什麼工作。他說：「理髮。」她知道那不是眞的，如果眞正是理髮師，他就不會說實話了。但他究竟做什麼呢？店員？推銷員？廣告員……？她不知道他的職業，想曉得他的住址，那樣她可以偷偷的去到他住的附近看看他的家。他掏出一本藍面的小簿子，要她把她通信處寫在上面。她很快的寫了，便追問他的住址。他把小簿子翻翻，顯出疊成四面的身分證，先給她看貼在那上面的照片，像是要證明那照片就是他。然後翻轉過去，指著「配偶」欄的空白對她說：「妳這樣放心了吧？」

就憑這一點她就全部放心了。她從圓鏡裡扭轉著身軀看綳得緊緊的上衣。現在衣服已穿得很整齊。鏡子很小看不到全身，但她感覺得結結實實的，她確信自己胴體的美都已顯露出來。他見了她，定會大大的讚美，也可能會向她要求……誰知道這次見面會發生什麼事？上次在回家的途中，他們坐在車廂的角落裡，他的手從她的身後伸向她的脇下，她立刻夾緊臂膀拒絕了他這動作。等到火車進山洞，車廂內變成漆黑的一片，他的臉龐緊靠著她的面頰，她聽到他喘急的鼻息聲，她以爲他要藉此機會吻她——沒有，她只是附在耳邊問：「假使我吻妳，妳會答應……？」

她沒有回答，也不好回答。有許多事是等做了以後，才會知道自己的感覺，才會知道怎樣應付。當時她只覺得他很傻、很老實、很滑稽，但她卻有些失望、鄙視、詛咒……等等混合的想法。車到站了，她比他早一站下車。他輕捏著她的手，再重複一次下星期六下午七時的約會。她走出車廂，一直向車站出口處走去，沒有回頭看他，但覺得他在窗口盯著她的背影……。

她低頭看錶面黃得發黑的手錶，這時離開家，加上乘車的時間剛好趕上那約會。她就這樣離開家嗎？現在她倒有點眷戀這又小又霉濕的房間。這房間又有什麼可愛呢？她突然的明白了。她有點怕，怕見那陌生的男人。上次他老是問她：「妳手心爲什麼常常會出汗？」現在她手心又沁出冷汗。不錯，她感到空虛、寂寞，需要愛情、需要男人……但並不需要像這個她不知道他的住址、職業的男人。將來她會得到羞辱、玩弄、遺棄……她就立刻想起那「弱者女人」電影中的男主角，是如何的見一個愛一個。他可能就是那種男人哩！

她猛地跳起來，關上房門，脫去套頭的淺藍上衣，鐵灰色的窄裙……把自己身體摔倒在床上啜泣起來。

收音機的故事

周天祿把新買回的七燈長短波收音機接好電源，理順天地線，打開開關，一陣爵士音樂塞滿了六個「榻榻米」的房間。

他聽了一會兒音樂，用口哨伴奏。接著把音量開到最大，試試每個波段，覺得長短波都很好，沒有雜音，不論什麼波長都嘹亮清晰，他感到非常滿意。因爲這是他節省半年的開支，才買回這解除寂寞的恩物。以後不論是黃昏、中午、夜晚，只要他不耐煩時，就可以聽一段相聲或京戲，更可以跟著音樂節拍跳「恰恰」、「吉侖巴」……

他半躺在圓背籐椅上，兩隻腳斜擱在長方書桌的角上，眼睛瞪視那新的在燈光下發亮的收音機外殼，心裡有一種陶醉的滿意感覺。半年來他少看了不少電影，也少進了不少次的小館子；香菸也從「雙喜」降到「新樂園」……現在終於獲得這種享受。

當然，這和錄音機、電視機……比較起來，不能算是享受。但他曾爲買這收音機，動過不少腦筋，現在終於拿回來了。這份快樂的心情，他認爲旁人是無法領會的……

「老周！老周！」

很響的聲音，灌進他的耳朵，把他從迷醉的樂聲中驚醒。他知道那是隔壁房間的同事老韓在叫他。

「什麼事啊！」他想：老韓應該來看看他新買的收音機。老韓看了以後，一定要豎起拇指說：「噢——你眞了不起，你眞有錢，買了這樣好的一部收音機！以後，我也可以沾光，聽聽音樂了。」他要立刻回答：「好吧！你要聽什麼，躺在床上告訴我那一家電台，我就轉到那一家。」因爲他們中間只隔一層木板，他們躺在自個兒的床上，可以互相談話。

「你不能把收音機的聲音開得小一點嗎？」老韓直著嗓子叫：「買了一架破收音機，把人都吵死了！」

什麼？破收音機？他猛地從椅上跳在水泥地上，站在桌旁摸那收音機光滑的木板。這是妒忌，他沒有錢買收音機，看到他有這種享受便眼紅了。他才不管這一套呢。

「我有我的自由啊！」他把收音機上的音量控制開到最大。那電台正播放莫札特的三十六號交響曲。狂飆的音樂聲，像急雷暴雨似地捶擊著天花板、玻璃窗。「你管得了我？」這句話是震大喉嚨喊的，但他知道喊也沒有用，音樂把一切的聲音都蓋住了。

老韓沒有話講了。他感到一種報復性的快意。同時，他對老韓這樣沒有欣賞音樂的能力感到可憐。老韓除了上班的時間以外，成天躲在房間寫呀，寫的，不知寫些什麼。他有了收音機，可以附帶地調節他的生活情趣，偏偏老韓不識抬舉。不管老韓怎樣，他要聽收音機，聽……聽……。

在一陣低聲的小提琴演奏時，他聽到老韓鎖門的聲音。他想，老韓沒有領受這音樂的福份，要藉機跑出去，他只有獨自享受了。於是他躺在床上，眼睛閉著聽、聽……睡了一覺以後，睜開眼才知道是清晨一點，連忙關掉收音機睡覺。

第二天中午，吃過飯，回到宿舍，周天祿立刻把收音機打開。一支流行歌曲沒有唱完，收音機中忽然發出「嗚——嗚——」的長音，其餘的聲音都聽不到了。他想，一定是這家廣播電台發射站出了毛病，他要另換一家。用手去轉動調整鈕，由700KC，800KC——1200KC，全都是「嗚——」。他開始檢查電源、天地線，都沒有看出毛病，但為什會長久的「嗚——」呢？

檢查了半個小時，仍沒有改善發音狀況。他立刻把收音機關掉。他怕隔壁的老韓知道他收音機發生故障，更要說是破收音機了。

他躺在床上，午覺無論如何都睡不著，痛恨自己不小心，使用收音機還沒到一天，就要送店修理，別人一定會笑話他，尤其是老韓。假使老韓問他：你的收音機怎麼不聽了？他將怎樣回答。

等到單身宿舍的同事都上班了，他才用一塊藍色大方格的被單，包紮起收音機，提往百利電器行，找到賣收音機給他的那個店員，他把收聽時的「嗚——」叫情形告訴他，希望他能在下班時間修好。

但那個年輕的店員立刻告訴他，最快要三天。因爲他們需要全部檢查，看是什麼機件壞了，再裝配修理。

三天後，那店員把收音機插上電源，要他試聽，他又聽到那清脆響亮的聲音了。但需要付檢查費六十元，變壓器費三十元。那有什麼辦法呢？這是他自己不小心，又能怪誰。

回到宿舍，接上插頭，聽了還沒到二十分鐘，收音機中又是「嗚——嗚——」的響了。他感到又氣、又急，東摸西摸，仍找不出毛病。索性關掉，不聽，也不再送店修理。因爲他剛才付出的修理費，還是向同事借來的。

在以後的兩天當中，不論是在辦公室、電影院，一想到自己的新收音機，心壁就皺縮起來，有說不出的難過。他怎能讓新買的東西，當作廢物呢？於是，他又送進那電器行。拿回時，除了檢查費照付外，又加了一個電阻的費用二十元。最使他傷心的，不是這區區的修理費，而是在聽了幾分鐘後，又是一片「嗚嗚」聲了。他知道別人家的收音機，用了三年五年才修理一次，爲什麼他買回的東西就這樣容易損壞？因爲他和老韓吵過嘴，不便將這事告訴老韓或其他同事，那樣如傳遍了整個宿舍，他的臉可丟大了。

他沒有辦法，硬著頭皮送修。第三次說是壞了線圈，第四次壞了眞空管。當他第五次送修時，那年輕的店員忽然對他說：「因爲你是我們的老主顧，我要告訴你一句話。」

「什麼話？」他冷冷地問。他做了修收音機的老主顧，覺得又羞又惱。

「你每次送來修理的收音機都沒有壞。」

「胡說。」他更生氣了。每次都是聽不到才送來修理，現在他說都沒有壞，不是嘲笑他連收音機都不會用嗎，這對他的侮辱太大了。

「你不信，我試給你看。」店員說著，把被單打開，插上電源，聲音果然響亮、悅耳。「因爲你修的次數太多了，我們才決定告訴你；不然，我們還是收你的檢查費、電容器費、眞空管費……」

「可是，」周天祿分辯道：「我在家中完全聽不到！」

「那是你收聽的電台有問題。」

回到宿舍，打開收音機只聽了五分鐘，又是一片「嗚嗚」聲。他把所有的週率聽遍了，都是一樣的「嗚——嗚——」，由此證明那店員說的話不正確。但他還是寫了一封信給最大的廣播公司，大意是說他住在本市，仍聽不到貴台的廣播，一定是貴台的播音有問題，請速設法改善。

把這封信寄出後，他的心好像安定了些。他已把收音機聽不到的責任推給廣播電台了。

第二天，那家電台就派來一個工務員，實地察看，因爲他們認爲在本市聽不到他們的播音，感到問題很嚴重。

周天祿把實地收聽的情形說明，那工務員試聽了很久，收音機也大致檢查了一下，仍是「嗚——」地叫個不停。工務員在他的宿舍附近勘察了一週，便對他說：「你這裡是音波上的一個死角，如要收聽情形良好，一定要豎個很高很高的天線桿。」

工務員詳細的規定了天線桿的長度，並告訴他架設的方法。周天祿本來很不相信他的話，他從來沒有見過人家收音機要架設天線；但他有收音機聽不到的事實，使他不得不這樣做。

天線架好後，收音機中仍是一片「嗚嗚」聲，他氣得無法忍耐了，眞想砸掉那收音機，或是送給別人。他雖然爲收音機的事氣得直跳，卻無法嚷嚷。假如不和老韓吵鬧，他可以跟老韓商量、研究，現在眞是有苦說不出。

他立刻又寫一封信給那家廣播電台的工務員，責備他的設計錯誤。工務員收到他的信後又來了，還帶來一部好的收音機，聽了半天，「嗚嗚」聲照常。工務員又向他建議要用隔音板，把外來的雜音隔掉，就不會有「嗚嗚」聲。他對於工務員的買什麼材料，怎樣裝設的話，一點都沒有聽進去。他已完全不相信他，誰聽收音機架過天線？裝過隔音板？

收音機決定不聽了。他很擔心老韓會來諷刺他。還好，老韓從沒提過收音機的事。他仍過著寂寞的日子。

一天，他在理髮舖理髮，正聽收音機中的流行歌曲入神。忽然收音機中也發出一片「嗚嗚」聲，和他在自己收音機中聽到的完全一樣。他驚異得跳起來，可是理髮師卻不慌不忙的把收音機關掉。

一會兒，他也恍然大悟。理完髮，回到自己宿舍，打開收音機，一支軟綿綿的曲子繞滿房間，這曲子還沒唱完，「嗚嗚——」聲又來了。

他跳出房間，衝進老韓的宿舍，見老韓的壁上，掛著一隻理髮用的吹風機，正「嗚嗚」地響著。

「老韓，你害得我好苦！」他眞想把老韓毆打一頓，藉此消去自己的積恨，但他還是忍住了。

「怎麼，我也有我的自由啊！」老韓說。

他走上前一步，握著老韓的手說：「忘記我過去的話吧！」

怒吼

金德輝拉著太太左胳膊。說：「好啦，好啦，兩圈不是打完啦？」

「別急嘛！」金太太把圓背籐椅向前挪一挪，要掙脫丈夫的手：「現在風頭好順。等一會兒，有你打的。」

「什麼話？不行，不行！」金德輝不但不放手，兩手伸進她的胳肢窩下，想抱起她。「上午妳說，到下午給我打。吃過飯，妳搶先坐上桌，說打完兩圈讓我。現在又有藉口，等一會，妳就要叫我吃過晚飯再來──」

「吃過晚飯打，再好沒有了。」金太太兩臂向前一伸，撈回大把的麻將牌，在面前搓洗。

「不行，不行！」金德輝從膀臂下面抓著太太的手腕：「昨天也是這樣，妳說：『晚上你怎能打牌？明天你有正事，還是早點休息──』這樣，我不是一輩子打不成了！」

牌桌上的人，聽金德輝學太太說話的腔調，大家譁笑起來，故意把牌搓得「希里嘩拉」特別響。其中一個猛拍一張牌，尖聲叫：「好！」

金太太不好意思了，牌向前一推，站起身，扯一扯揉縐的旗袍，兩手拍著下襬，像受了無限委屈，要趕走霉氣：「賭不死的賭鬼，讓你賭吧！賭輸了，看——」

「看什麼？」一個人接上去：「金德輝，看要被罰跪！」

又是一陣哈哈笑。金太太扭身衝出客廳，站定在走廊。覺得這班賭客特別討厭。家庭間夫妻瑣事，有什麼好笑的；如果不是新年——如果不是自己還要打牌，她眞要把他們搯出去。

「金媽媽，眞好玩。」隔壁的小平，手裡拿著「爬繩」的玩具。小平把繩一扯，繩上的鐵皮人，就彎腰向上爬一點。他偏頭翹著嘴唇說：「我媽媽買的，妳家有沒有？」

「我家沒有，送給金媽媽好不好？」金太太蹲下來，和四歲半的小平一樣高。

「不要。」小平轉一個身，又扯動鐵皮人。

金太太回到客廳，揭開紅色圓果盤的蓋，抓起一把糖，走到小平面前：「小平，學狗叫，金媽媽給你糖吃。」

小平伸長頸子，看她手中用玻璃紙包著的紅、黃色糖果。「汪汪」叫起來。

金太太捏一顆糖給他。小平剝去紙皮，納入口中，右小腿彎起，左腳連續蹦跳，嘴裡還不斷的「喔喔喔」。

她眼睛笑成一條縫。伸平握糖的手掌。說：「小平，學狗爬，糖都給你。」

小平低頭看自己穿的過年新衣服，那是灰上裝，藍色牛仔褲。順眼看到污泥塗滿走廊的水泥地，光是搖頭。但眼睛又盯在金太太手中滾動的糖，像拿不定主意怎麼辦。糖被牙齒咬得「格格」響，分成許多塊。

「你。聽話，乖，我喜歡你，我家還有好多好多糖呢！」她彎腰，兩臂向前划動，問：「像這樣划，不會嗎？」

糖塊在口內溶化，愈來愈小，小平受不住糖的誘惑。問：「我爬，都給我？糖？」

「當然嘍，快爬！」

小平把鐵皮人連繩放進上衣口袋，彎下身子，在地上爬著。

小平的母親吳太太從門內探出頭，大聲喊：「站起來，小平，快，要打啦？」

聽到母親的聲音，心慌意急，腿一軟，左膝蓋落地，褲上塗滿污泥。

吳太太箭步竄出，抓起小平，抬頭看到金太太手中的廉價糖，知道是金太太逗他。

「你不乖，不聽話，沒有出息，」順手便摑他一記耳光，拖他回家：「為什麼不學好呀？」

小平賴著腳步哭吼，回頭看金太太手中糖，覺得不能吃虧：「糖啊，妳說過，全是我的。」

吳太太更惱火，又給他一巴掌：「糖！糖！糖！你眞不曉得好歹！那種糖怎麼能吃？」

金太太看到她把小平拖走，連打了幾巴掌。愣在一旁，感到又氣憤、又難爲情。逗別人孩子，自己理虧，只好忍受。現在卻欺到自己的頭上——糖是她給小平吃的，說小平不曉得好歹，不是在罵她？

「吳太太，講話客氣點，左鄰右舍的，誰不知好歹？」

吳太太扭轉身，把小平捽得團團轉：「怎麼啦？自己的孩子，還管不得？」她就看不慣金太太那種怪樣子。也不瞧瞧自己年齡，三十七歲，快四十了，還把頭髮剪成「赫本」式。臉上的粉和胭脂刮下來，可以刷一垛牆。說話時兩個大耳墜子搖搖盪盪。在家裡也這樣妖裡妖氣的，丈夫爲什麼不管管她。吳太太接著說：「人哪，是骨頭賤，不管，全變了，變得沒有人形了！」

聽到諷刺的話，金太太全懂。狺狺地說：「管妳那個寶貝兒子，不要含血噴人！你那個活寶貝，有什麼了不起？除了你那個命根子以外，還有什麼值得驕傲的？」金太太覺得自己一切，包括吃、穿、用都比她強。吳太太的丈夫是個小公務員，成天和窮苦打交道。不像她的丈夫生意來、生意去，錢「溜溜」的。她眞不把吳太太放在眼裡。

「這『活寶』沒有什麼了不起，妳為什麼要逗他？」吳太太把小平拉緊些，好像抓著小平就得到勝利似的。左手拍著他的後腦殼，說：「有本領，妳也生一個啊！」

金太太結婚十二年，沒有小孩，最怕別人提到她的短處。平時她丈夫常常說離婚，又說討小老婆。所以，她盡量把自己打扮得年輕些，想靠愛情抓牢丈夫。現在吳太太竟當面嘲笑她，她眞怕被丈夫聽到。回頭望進門內，才想起丈夫在打牌，心放下了。「別得意啦！你們家除了生孩子以外，還懂得什麼生活藝術？不打牌、不看電影、不跳舞……呀，呀！一天到晚就是『生孩子』、『生孩子』……」

吳太太還沒來得及反駁。小平這時哭已停止，知道吵鬧與自己無關。便伸手向金太太，說：「糖，我要。」

金太太正沒好氣，這機會來得恰好：「窮人生窮子孫，窮相！拿去！」手一揚，糖塊紛落在小平附近的泥地上。

小平彎腰想去抓糖，吳太太又給他一巴掌：「髒糖、髒錢買的髒糖，不要吃！」她拖著吼叫的小平往家中走。忿忿地說：「窮得硬氣，要什麼緊。不偷、不拿，又不當酒吧女——」

金太太手指著她，搶著說：「妳……妳……」

這時，吳太太的丈夫，近視眼鏡比頭先伸出門旁，手指著說：「妳——妳怎麼會和他們一樣？吵呀，鬧呀，打呀——」

「人家找到我，幹嘛讓人！」吳太太昂頭走著，像打了一個勝仗。不看她，也不理她，踏進門內還在嘟噥。

金太太氣得直抖索。婚前，當過二十七天酒吧女，碰著現在丈夫結了婚。這事只有丈夫知道，為什麼她也曉得這秘密？

愈想愈不能忍耐，衝向客廳，雙拳打在丈夫背上像擂鼓，眼淚流滾，口裡喊叫：「你……你們都欺侮我……」

「不行，不行！」丈夫站起，轉身對著她，雙手一攤，說：「欺侮妳？誰呀！才打三副牌。好，好，好，讓妳，讓妳！」他向外橫跨一步，座椅空下來。

金太太愣住了，立刻覺得當著這麼多人，當然不能談這問題，那只有等到晚上再說……現在有牌打也不錯。於是，橫著右小臂，用左手心中的綠手帕拭一下眼淚。坐在椅上，把面前的牌看一眼，抓起一張牌，往桌上猛地一拍，怒吼：「發財！」

黃金夢

許銀蘭離開赭色橡木邊框長方鏡時，還扭轉身軀掉過頭去留戀地看著自己面孔。這動作和她平常走出自己房間捨不得離開釘在門背後橢圓形古鏡的心情不同。那是顧影自憐，而現在是想看出自己臉上氣色究竟好到什麼程度，可以中獎？可以生財？

剛進了車站，那賣獎券的老婆婆便說：「妳氣色眞好，正交好運……上次呀，和妳這氣色一樣的那個人，就中了五萬，妳也得買一張。」她的心動了，買了獎券。但瞧了半天鏡子，仍看不出氣色好在什麼地方。嘴唇是紫色的口紅，兩頰的緋紅是塗的胭脂。藏在粉底下的皮膚，她還覺得白中泛青，平時她總說那是倒楣的氣色，爲什麼那老婆婆卻說她是財運亨通。

離開鏡框的刹那間，突然覺得眼前亮光閃爍，她的心猛地抖動一下，但隨即想起是自己頸中金項鍊在熠熠發光。這項鍊和她右手的方戒，都是她結婚的紀念品。左手無名指套的又粗又重的圓戒，是她婚前幫別人家做傭工賺錢買的，她看得特別珍貴。這時她用右手的拇指尖和中指尖旋轉那粗大的戒指。這是她養成多年的習慣，時時撫弄那戒指，像是提防被別人抹走一樣。

她右臂彎夾著用粉紅色玻璃線織成的小皮包，在候車室中踱著，眼睛瞪著掛在車站正中的像要發霉的長形老掛鐘，腳步合著慢慢搖晃的擺錘。現在是六點零五分，距離她要乘的那班火車還有四十五分鐘。她覺得很難打發這漫長的時間。早知道如此，她就等她的丈夫一道來了。他們一起來看她丈夫生病的伯父。她丈夫要去請一位醫生替伯父看病，她為了不放心留在家中七個月大的吃奶小孩，便提前回家，但這時還是在車站白白等著。

候車室內的旅客不多，零落的散坐在高背長木條凳上。左邊角落裡一個穿黑色大方格香港衫的男人，捧著一張報紙，遮住自己面孔。靠近入口處坐一個拖木屐的鄉下女人，右臂靠著花布大包袱。包袱旁邊是一個敞開胸懷給孩子吃奶的女人。轉過身來看到車站門口的走廊上，一個戴草帽的駝背老頭，坐在花生攤旁打瞌睡，連連點頭，使那停在他鼻尖上的蒼蠅飛走又停下，停下又飛走……靠牆角是一個雜誌攤，半空掛一些雜誌和畫報。封面上有很多斜視的媚眼和暴露的胴體。在琳琅的花花綠綠旁有一張白紙條，上面寫著：「代售郵票明信片」。

許銀蘭感到很無聊，旋轉身走到右邊的角落，把身軀拋在長條凳上，脫下紅面黑邊的尖錐式平底鞋，伸直兩腿，腳跟仍放在鞋口內。兩手抓著皮包撐在膝前，瞪視著對面爲旅客擦皮鞋的小孩雙肩急速輪擺的動作。

一會兒工夫，便有一個男人挨著她身旁坐下。她隨即把身體移動一些表示抗議：候車室中的座位很空，在這大熱天定要擠在她一起？還有比這更使她氣惱的事：那男人掏出香菸、打火機，點燃了呼呼抽起來。煙霧裊繞在她身旁，嗆得她直想咳嗽。她迅速挪動全身和皮鞋，遠離那個男人後，再掉頭瞪他一眼，表示自己對他的輕蔑。掉頭看過他就更火了，原來他就是坐在對面看報紙的、穿大方格香港衫的男人，他怎會移坐到她身邊來？坐在她身旁，一定沒有善意。他約有四十歲，戴副墨色太陽眼鏡，左手捏著黑色大皮包，平擱在大腿上，昂頭叼著香菸，把滿不在乎的神氣掛在臉上。

她厭惡地回過頭來，便見一個穿藍闊條連身衣裙的女人，彎著腰站在她面前細聲說：「大嫂，妳丟了東西？」

忽然感到肌肉一陣緊張，她彷彿失去了什麼。但細細一想，粉紅皮包抓在左手，右手心裡是碎花手絹。金項鍊剛在鏡中看到仍掛在項上，現時低頭就可見雙手的戒指在夕暉中閃光。她並不缺少什麼，這陌生女人怎會這樣多事。

「沒有。」她搖搖頭說。

那女人斜著眼睛，像禁不住陽光的照射；左手的傘柄指她剛坐過的木凳下面，說：「那皮包不是妳的？」

她抽回雙腿坐直上身，再扭轉身軀彎下腰去，見一隻女用灰皮包，躺在椅腿旁的青色水泥地上。

「不是我的。」她輕鬆地說。

在她們談話時，那戴太陽鏡的男人也跟著她們的手勢向凳下看，他隨即又恢復了原來坐的姿勢。但一會兒他彎腰迅速地撿起皮包，抓在手內審視，像馬上就要打開的樣子。

「妳看，皮包被人家撿去了！」那女人拉住她的膀臂，顯出焦急的樣子，連連搖頭，耳上的兩個乳白大圓圈耳墜跟著晃動：「皮包是我們先看到的，我們把它要回來！」

「我不喜歡多管閒事。」許銀蘭乾脆地說。

「妳呀，妳眞是好人。」那女人左手扶在她肩上，右手拖住她的膀臂嘻嘻地笑，像是她一個已認識三年之久的老朋友：「我們要叫他交給車站招領，不能讓他拿走。去！一道去啊！」

那女人的手略一用力，她就跟著站了起來。當然她知道那女人拖不起她，只是她覺得那女人的話還有點道理；同時她正愁在這段時間閑得無聊，能找點對自己無損對他人有益的事做做也好。所以她才跟著她站在戴太陽鏡的男人面前。

難題又來了，她怎樣向陌生人講話？女人是不該貿然和不認識的男人搭訕的。

「慢點，不要動，大家先講清楚！」那女人早撇下她，竄在那男人膝前，彎身抓牢他正要打開皮包的手：「是我們先看到皮包的，你不能獨吞！」

那男人猛吃一驚，搶著把女用皮包掩藏在黑皮包下面。隔著黑眼鏡，許銀蘭還覺得他用驚異的、懊惱的眼光瞪著她們，像很不願意接受她們的干涉。但很快地他臉上就換了笑意，倏地站起，輕聲說：「我們出去談——這兒人多！」

許銀蘭想阻止還沒來得及，那女人已拖著她的臂膀跟他向外跑。同時，還側轉頭看她一眼，發出一個會心的微笑，像二人約好去行騙，已如預期似的得心應手。她感到一陣噁心：這和她們原來的目的完全不同哩！那女人爲什麼要自己和他一道往外跑，把皮包交給車站站長不就成了？

「我對妳講，」那女人悄悄地說：「我們先看看皮包內裝的什麼，然後再說——妳看：那倒楣的傢伙很不高興哩！」

一點兒都不錯，那男人右臂拴著大小兩隻皮包，垂頭喪氣走在她們前面。如果不是那女人多事，皮包內的東西已變成他的了。哦——這想法不對，人是不該見財起意的，怎知道那男人是吞沒皮包呢？他也會同樣的交給車站招領啊。現在她倒奇怪自己爲什麼要跟著別人跑了；她既不喜歡這戴耳環的女人，也不想拿皮包內的東西，大可以拒絕她掉頭走開。但在這時跑掉又算什麼呢？

那女人開始自我介紹。她說她姓王，丈夫在本鎮開一家很大的百貨店，她已有三個女孩，現在是往她的姑母家去。這的確很好，她們乘車的路線一樣，只是那女人要比她遠兩站。儘管她不喜歡那女人，但在火車上有伴了。

那男人停在用水泥砌成一圈的大圓環旁，背對著棕櫚樹，軟弱無力的夕陽橫過樹隙點在他身上的大方格內。他已蹲下，把黑皮包夾在大腿與小腹之間，伸長雙手就要打開皮包了。

「別慌啊！」姓王的女人縱上前去，說：「不能讓旁人看見哪！」她慌急地撐開手中淡藍色的遮陽傘，罩在那男人和皮包的上面，跟著也蹲了下來。

許銀蘭感到好笑。那女人太裝模作樣了，還不知皮包內有些什麼，就那樣大驚小怪。這女用皮包內，可能有一團揉縐的衛生紙，幾張舊而髒的零票；另有破了半邊的小圓鏡，一支廉價的口紅。角落裡有一段燒焦了的香菸頭，幾根火柴棒，加上一枝不能貯水的破自來水鋼筆……她爲了不使他們掃興，也在傘和人的空隙間蹲下。她要看看別的女人皮包內究竟裝些什麼。

那男人伸手去打開搭扣，銀蘭覺得他的手在抖顫，她自己的心也跟著緊張得怦怦地跳。不錯，皮包內有衛生紙、口紅、一條白底藍花的手絹，還有一個紫紅的布包。那男人慌急地扯開布包，她突然感到眼前一亮。

「我的娘啊！」那女人尖聲怪叫起來：「是一對金鐲！」

許銀蘭彷彿覺得一陣風旋過身旁，但定神一瞧，才知道是姓王的女人猛急拋開遮陽傘，再用同樣飛快的速度去搶那男人手中的金鐲，口裡還嘰咕地嚷著：「……我們的，我的……你不要……」

他們兩個人的四隻手都抓牢金鐲，互不相讓，許銀蘭愣愣注視他們。她以爲自己是在做夢，夢中見到一副金鐲，被強盜搶走……可是眼前確有亮晃晃的東西，在陽光下閃爍。她眞不知道他們爲什麼要這樣爭奪？不是說過要把皮包交給車站招領嗎？但看到他們這窮兇極惡的樣子，她就知道他們是不預備交出去，而要否爲己有了。如果眞是這樣，她就獨自走開，讓他們平分，因爲這與她無關——當然，她最好是勸他們把它交給車站。失主丟掉這貴重東西，不知要急成什麼樣兒，說不定還會逼出人命來。

眼珠一瞬，她又看到那對光滑的金鐲，胸中隨即翻起了一陣又暖又重的感覺。在未出嫁前，她母親向她婆家要一對金鐲，她丈夫雖然在金店學過二年徒，但是太窮，只拿得出一條項鍊和一隻戒指。結果金鐲反變成話柄兒，她婆婆提起來總是譏諷地說：「也不用鏡子照照自己的長相，有戴金鐲的命？」她爲什麼不能戴金鐲？她的手臂又白、又圓、又結實，配上黃橙橙的金鐲，那不曉得有多美！假使她今天早點撿起這皮包，金鐲就是自己的了。她手臂套上金鐲兒，定要伸在她婆婆眼前，問：「我戴這東西合適嗎？」

可是，金鐲現在被別人撿去，落在他們四隻手上。賣獎券的老婆婆說她正走好運，誰知好運在眼前，卻被自己放跑了。她突然覺得有點後悔。

「應該由我們兩個人平分。」那女人把金鐲拉近自己的懷口，眼睛看著她，像希望獲得她的援助：「是我們先看到的。」

「是我先拿到的。」他說，又用力奪向自己胸前：「我們三個人分好啦！」

「兩隻金鐲，三個人怎麼分法？」姓王的女人又叫起來。

許銀蘭的心劇烈蹦跳，兩腮發燙。這時只要她挺起胸說：「我不想取意外之財，你們平分吧！」這事立刻解決。但她怎捨得到手的金鐲讓給別人？東西是三個人撿到的，並不是偷的，偷東西才犯法，撿東西並沒有罪呀！於是她說：「把金鐲折價，我們就好分了。」

從他們二人的臉色上，她看出她的提議很合他們的口味。他們都很注意地聽她的意見，她認爲應該由兩個得金鐲的人，拿出錢來給那個得不到金鐲的人。可是，誰身上都沒有錢。她們兩個女人，不能和陌生男人在一起打交道、拿到金店去，又怕被人識破。最後還是姓王的女人聰明，想出好辦法：把許銀蘭的項鍊和戒指交給那男人，要那男人先走，然後她們再想辦法分金鐲。

「不行。」銀蘭說，右手摸著項鍊上的圓雞心：「這是我的結婚紀念品。」

那女人放鬆搶奪金鐲的雙手，拿起抛在地上的遮陽傘，拉她一同站起，左臂圍繞在她身上低聲說：「不要傻了，妳那點東西算什麼？看那對金鐲多好，多值錢，我們能看著他把金鐲拿跑？項鍊和戒指的錢，我會貼補妳一半的呀！」

她的心動了，的確捨不得那對金鐲，如她這時白白地走開，以後不知要懊悔到什麼程度。她貿然脫下項鍊和兩隻戒指交在姓王的女人手裡。王大嫂搶過金鐲放在銀蘭的皮包裡，才把項鍊和戒指遞給那男人。

那男人噘著嘴，低著頭顯出被迫得無奈的樣子走了。她和王大嫂也一齊走向車站。走了一半，王大嫂忽然站住對她說：「妳在車站等我，我回去拿項鍊和戒指的一半錢給妳——妳不會走開吧！」

「當然不會。」她說：「完全是妳幫我的忙，我怎麼會無情無義地走開，不然，我和妳一道回去——」

「不要，不要。」那女人搖著雙手道：「我完全相信妳，妳又老實、又正直，不會欺侮人的。」

她興奮地獨自回到車站，她奇怪那拿走她項鍊和戒指的男人沒有在這裡。但這想法在腦中一閃就過去了，因爲她想到金鐲，她的心又跳躍、動盪了。她坐在一個僻靜的角落裡，打開皮包，右手偷偷伸進摸著那對亮滑的金鐲，全身都感到顫慄和緊張。整個候車室都罩著一層黃黃的金光閃爍的霧，她像在金色的霧裡迴旋飄盪……一忽兒全身便涼透了，她自覺遍體被汗水浸濕。她已想到這對金鐲不能獨有，她只能拿到一隻。本來這對金鐲在她身旁，應該全部是她的，她自己太不小心，讓它在自己眼前輕輕滑過。現在她已交出項鍊和戒指，這金鐲更應該是她的了，但還要分一隻給姓王的女人。姓王的女人只幫她說幾句話，那有什麼了不起，她自己也同樣會說的呀！如果只有一隻金鐲戴在手上，給婆婆看也不夠光彩了。賣獎券的老婆婆說她正交好運……。

「嗚——」火車頭的長吼驚醒了她，原來她要乘的那班車已經進站，候車室內的人差不多已全部走光。她猛地抽出右手，扣上皮包，衝向售票口買了一張車票，跟著入口處的人群湧向月臺。

車停在月臺旁，車廂內的人慢慢的搖搖晃晃的踏著階梯往下走。旅客一團團地簇擁在車門前，仰頭瞪著下車的人。許銀蘭挾緊皮包擠在人縫中，還不時的掉轉頭向四處張望。她擔心姓王的女人就在她上車的當兒趕了來。如果在這時被她看見，她用什麼理由爲自己辯白？那女人恭維她，說她是又老實、又正直，而她現在卻挾著這對金鐲偷偷地溜掉，未免太看不起自己了。

她倏地從人叢中擠出。她要在車站等那姓王的女人，她不能叫人家在背後罵她不守信義。這金鐲所值有限，她用不著揹一個臭名。而且老婆婆說她要中獎，有了二十萬，這金鐲又算什麼呢。

現在她很閒適地在月臺上眺望了。她想起那穿大方格香港衫的男人，又想起她丈夫。她覺得他也該來到車站了。如果她把自己經過的事實告訴她，他說她是傻瓜還是誇獎她誠實呢？她丈夫常常說她是傻瓜——傻——瓜是那姓王的女人，會這樣讓她一個人在車站。如她刁猾些，不這樣正直，不這樣老實，一定乘這班火車溜走了。

那麼，姓王的女人的確很聰明，能料到她不會逃跑，所以說她老實——老實就是沒有用的代名詞呀！她眞的沒有用嗎？放棄一對金鐲，還要被別人笑話！未免太不合算了。如她這時爬上車，又有誰看到她，又有誰管她？到家後，她就戴起金鐲，走到婆婆面前……

車頭又吼叫了，像要開動的樣子。她慌急地跑了幾步。左手揑緊皮包，右手想抓車廂門旁的扶手鐵槓；但腳底一滑，幾乎跌倒。突然她的左臂被別人抓住，她覺得渾身的毛髮都豎了起來。這一定是那姓王的女人抓住她了，或是那戴太陽鏡的男人，在她一個人的時候欺侮她，想搶走她的皮包，在報紙上常常看到這類事的。她一面抓緊皮包，一面用力想掙脫那隻魔手爬上車廂，但那隻手還是牢牢地抓住她不放。

「當心啊！為什麼要那樣慌忙？」

在她背後響起的聲音好熟啊！她猛掉轉頭，見抓著自己的是她丈夫。頓時她覺得又羞、又氣，忙罵道：「死鬼！放手啊！」

他們跨進車廂，車頭怒吼一聲，車輪已在鐵軌上滾動。她深深地吸口氣，她已佔有這對金鐲，也風平浪靜的脫險了。

車上的旅客很多，他們通過兩節車廂，都沒有找到座位，於是她帶他到盥洗室對面的小空房間裡。她要在這僻靜的地方，把這令人興奮的事實告訴丈夫。

這小房間裡只有兩箴簍木炭，還有一隻大茶壺擱在門旁。她站定後，便打開皮包，拿出兩隻金鐲，在她丈夫眼前晃動。「你看：多『棒』！」

他只滑過一眼，不經意地問：「那兒來的？」

她感到很不舒服。她花那麼多心血才得到這對金鐲，誰知他毫不動心，她以為他會跳起來問長問短的。誰知他是如此的漫不關心。難道在金飾店工作過的人，對黃金就不重視的。

「是我撿的，現在是我們的了。」她把金鐲塞在丈夫手內，想使她丈夫也一同享受這快樂。

他接過金鐲，在手中掂了掂。說：「這是假的。」

「你胡說！你再仔細看看——」

「黃金不會這樣輕、這樣硬，」他又用力扳拉，那金鐲絲毫未動。他又抓著金鐲在門旁有稜角的地方擦了擦，然後擎在她眼前，說：「妳看：只是外面敷一層金粉，裡面都是黃銅——」

「我的娘啊！」她尖聲地喊，同時想起那姓王的女人見到金鐲時那種故意驚訝的語氣。她不上火車，那姓王的女人也永遠不會來車站。她趕快伏在車廂的板壁上，自覺快要暈倒了。

「何必那麼緊張？」她丈夫輕鬆地說：「撿來的東西，既然不是眞金，留著玩也不錯——」

她的喉嚨梗塞了，眼淚滾滾地流。她希望車子再駛得快一點，她要在前站下車，然後回轉來，向警察局報案……

三部曲

場內

長方形結婚大禮堂，霓虹燈的「囍」字，緊貼正中牆壁的紅綢，閃閃發光。挨著紅綢，四壁滿掛深紅、銀紅各色喜幛，上面綴著金字：「樂天先生、桂芳小姐結婚之喜」還有「天作之合」、「鸞鳳和鳴」……等祝賀語。

賓客一簇簇聚談。穿白色制服的侍者，和掛紅布條的招待，把七橫八豎的圓木凳、靠背椅，一排排擺整齊。

大門口，一根竹竿斜撐起比人還高的爆竹，一個青年人，擎起紅紙捻兒，準備燃放。

禮堂左上角，五人組成的樂隊，已抓起鼓槌，抱著洋喇叭……

司儀捏著紅紙單，小心走到臺上，尖聲喊：「結婚典禮開始——」

場外

（新郎穿藏青西服，胸前掛大紅花，順著走廊，在一美麗的女郎身後走著。）

新郎：芳，不，史小姐，妳究竟要帶我到那裡？有話快說哇！

女郎：（回首看一眼，仍向前走，但速度慢了，和新郎並肩走著。她穿棗紅色旗袍，披淺黃毛衣，拎黑色皮包，長頭髮在毛衣外抖動。）你願意別人聽到我們的談話？

新郎：不，不。可是，沒有時間啦！

女郎：你急，我比你還急呢！

男：妳也要舉行婚禮？

女：（冷笑）你諷刺我！爲什麼我就不能行婚禮，今天最有資格做新娘的，就是我哩！

男：（轉彎後，光線暗淡。他靠牆角站住。）現在講這沒有意義的話，有什麼用，我不跟妳走了。

女：（站住，面對著他。）你聽起來沒有意思，對我的意義就很重大嘍！你爲什麼不和我結婚？

男：妳還要問我，是妳不愛我啦！

女：請你不要這樣說，好不好？你以為我不知道你們男人嗎？

男：知道男人怎麼樣？

女：見到一個有錢有地位的女人，就有藉口，遺棄——

（劈劈啪啪的鞭炮聲響著，硫磺味鑽進鼻孔。）

男：（舉步要走）眞的，不談了，婚禮開始了。

女：笑話！新郎和「新娘」都在這裡，誰舉行婚禮？

男：芳，不，史小姐，我老是要喊妳的名字。妳不該在這時候，和我開玩笑，我們的感情，早完啦！

女：完了？既然完了，你在結婚時，又寄請帖給我，是向我「示威」？

男：當然不是。我們還是朋友。不請朋友吃喜酒，朋友會怪的。

女：「朋友」？你說得好輕鬆啊！你劫奪我——女人最寶貴的東西，還是朋友？

男：我們不要再談過去了。一個人，常懷念過去，就會發瘋的。我和妳離開，是妳同意的。

女：可是，你一開始就騙我，說我永遠是你的，你要和我結婚。可是，現在呢？

男：妳知道，我起初是愛妳的。

女：後來爲什麼就不愛我了？是因爲碰到這新娘嗎？

男：唔——

女：你愛她嗎？

男：當然啊，不愛她會和她結婚？

女：可是，你也愛過我，爲什麼不和我結婚呢？

男：這個……？我說過，我們不談過去的事。

女：好的。她比我漂亮嗎？

男：差不多（又仔細看她的臉、胸、腰）。妳比她要美。

女：那你爲什麼會愛上她？

男：愛情不懂得斤兩，是無法比較的。

女：無法比較？你騙人！我只是彈子房的計分小姐，她是局長的獨生女兒，還有家財一百萬。

男：誰說的，沒有一百萬，連五十萬都不到。

女：噢——我知道了，男人就値五十萬。你們男人最喜歡說女人愛虛榮。現在，你呀，一樣的卑鄙——

男：你要我來，就是爲了侮辱我？我沒有義務聽下去，我走了。

女：我抱歉。何必急呢？還沒有談到正事——

男：正事？快說吧，眞急壞人（低頭看腕錶）。

女：我問你，新娘愛你嗎？

男：妳平時很聰明，今天爲什麼問得這樣傻？

女：謝謝你的誇獎。但是，你還是要回答我的問題。

男：這還用問嗎？她不愛我，會和我來這兒，合著音樂節拍，走進結婚禮堂？

女：假使她不愛你，不同你結婚，你會和我結婚嗎？

男：（看著她的眼睛）我眞奇怪，妳爲什麼會有這種想法？

女：不要岔開，回答我的問題。

男：她不愛我！那是絕不會有的事，妳不用擔心。

女：看吧！她馬上就不愛你了！你不相信？

男：胡說，那是妳的妒忌。知道妳這樣妒忌，就不請妳來了。

女：你不請我，我就不會來？我能眼看著你，把我甩掉？

男：那麼，妳預備怎麼樣？

女：你回答我呀，她不愛你，你會不會和我結婚？

男：（想了想）我不知道。

女：爲什麼沒有勇氣回答呢？你是一個懦夫，懦夫好可憐啊！

（遠處有人喊「于樂天，于樂天」還夾著喊「新郎、新郎」的聲音。）

男：大家都在找我，我走了。

女：再等一下，快完了。你記得你寫給我的信嗎？

男：（大惑不解）信？

女：是啊！在你和我……發生……第二天寫的。你說，一刹那就是永恒、永恒。你還叫我小白兔、野鴿子，說你的靈魂怎麼樣，怎麼樣……

男：別提了，多肉麻！

女：現在你嫌肉麻了！過去你就這樣騙我，現在用同樣肉麻的話騙新娘，新娘和你結婚了。

男：愈扯愈遠，我要走了。

女：你信上寫的，我們的家，我們的小寶貝呢？

（另一甬道有兩人走著，邊走邊談：「這是什麼婚禮呀！新郎不見了，新娘撕碎結婚禮服──」）。

男：妳眞害人，拖我談話，她生氣了（轉身便走）。

女：別慌，還有一句話。

男：（扭轉頭看她，頓腳）快！

女：剛才我說的信，在你離開新娘時，就有人拿給她看了。這樣，你知道她爲什麼生氣了吧！

男：（瞪著她，揮舞手臂）妳……妳……

女：她現在已不愛你了，你相信了？

（新郎大步跑開。女郎搖著手提包，慢慢跟在後面走著。）

閉　幕

（禮堂內，人都站立著亂轟轟的，像看火災。）

司儀：（捏著白紙條，走上台，用力拍響手掌。禮堂開始靜下來。）新娘有話要告訴大家（雙手捧紙條唸）。于樂天先生愛的是金錢，並不愛我，所以婚禮無法舉行。謝謝大家光臨，再見！

三代

「嘩啦啦」的響聲爆起，坐在屋角的金老爹猛吃一驚。抬頭才看到是媳婦把一把竹筷擺在方桌上。迎著發紅的燈光，見她的臉上顯出了青筋，眼睛瞪得很大，嘴唇翹得高高的，可以掛油瓶。

她又生氣了。金老爹把頭埋在胸前暗自的想：這頓飯又吃不太平了。

接著他便聽到一疊飯碗重重擱在桌面的聲音。他眞希望每個瓷碗都被擊破，大家都不要吃飯，他便不會坐在桌旁活受罪。他一點兒都不明白，她爲什麼要發脾氣？她打了一天的牌，他幫著孫女兒燒了午飯。晚飯是她丈夫燒的。她回來了就吃飯還不稱心如意？他沒有看她，但他知道，她已踢開桌旁的竹凳匆匆的走出去。

她走出門，聲音就跟著高起來。金老爹聽不明白她叫些什麼，但他想得到她是和她的丈夫在吵鬧。可能是她輸了錢回家出悶氣，說不定是他的兒子責備她，她氣惱得和丈夫反臉了。

「說啊！在你家裡那一天過過好日子……？」

「……」

「我的事要你管，我高興怎樣就怎樣……」

他眞想聽聽他的兒子說什麼，便屏息集中注意力傾聽，但什麼都沒有聽到。他是在廚房裡燒菜，聲音悶在屋子裡鑽不出來；但誰知道呢？可是他是什麼話都不說，默默忍受她的責罵呢。

他覺得他的兒子性情很好，能有耐性成天聽她的嘮叨，如果是他自己年輕時代，就不會有那種好性情了。

金老爹伸一個懶腰，從柳條椅上站起。向前走了二步，立刻又退轉躺回到椅上去。現在他能到什麼地方去呢？他們夫妻兩個吵嘴，他如插進去，可能他也會被痛罵一頓。當然，她不會指明了罵他，她只是夾七夾八地數說著家常，就會連帶地說到他的頭上；他已有不少次的經驗了。當她的話句牽連到他時，他便想告訴她、糾正她，要她像一個女人，像一個媳婦對長輩的態度待他。但這句話始終沒有出口，悶在肚裡十年了，所以就日復一日地聽她的數說、咒罵、鬧嚷……現在他不能怪兒子有那樣大的耐性，他自己也忍耐那麼多年了。

他抓起灰白色鋁質煙盤上的半截香菸，點燃了吸著，濛濛的煙霧圍繞著他。金老爹很痛惜他兒子的一生就這樣白白的蹧蹋掉。起初，他就竭力反對這項婚姻。她的家庭富有，終日吃喝玩樂慣了，怎會過這家中的窮日子。但年輕人是不會相信未來的事實的，他們只相信夢、理想……結婚以後，他看出他的兒子由愛她、依順她，而變做敬她、懼她了。丈夫下班回來，沒有飯吃，得自己下廚房，但還不能說她。她到他家來並不是專門為了燒飯，而且男人也應該進廚房啊！

這些話他已聽得多了。為了能在這家中安靜地生活，他父子們盡量地忍耐、忍耐——他和他兒子從來沒有談過關於她的事，但他覺得他們已有一種默契，盡量避免談到她。談到她有什麼用？她不會接受別人勸說。好像除了忍受之外，再無其他方法了。

「爺爺！」孫女兒背著紅書包跑進來：「媽媽回來沒有？」她把書包擺在門後的一張木椅上，歪著頭問。

「回來了。」他說：「你來，我告訴你……」

她沒有等他說完，就蹦跳的進去了。她現在是孩子，只有九歲。他想，她是不懂什麼的。媽媽和爸爸吵架了，她要去找他們，會有什麼好處呢？她應該把學校裡老師和同學的事告訴他，他會安慰她的。每天和他談話最多的是這孫女兒。她雖然知道得很少，但他覺得如果沒有她在身旁就太寂寞了。

他猛抽了一口菸，把菸蒂拋在不平的泥地上，伸出左腳踩滅了它。在他低頭的當兒，看到小花貓豎著尾巴用腹部在他膀旁摩擦。他伸手抓了牠，抱在懷裡，霎時有一種綿軟的、舒適的感覺。只有貓依賴他、喜愛他……愈是懂得少的人或動物，就愈會親近他。他脫離現實太遠了，他想。

一陣鬧嚷聲猛地鑽進金老爹的耳鼓。他一定神才聽出是孩子的哭喊聲夾著她母親的叫罵聲。一個衝動激起了他，站起身直向小院子跳去。見媳婦揪著孫女兒的頭髮猛摑她的耳光。嘴裡正不斷地喃喃咒罵著：「妳這小鬼……不聽話……看我不揍死妳……」

「什麼事？要這樣打孩子？」他氣急的說。

媳婦可能正在氣頭上，沒有聽到他的話；也說不定是故意不理他。仍在嘮叨地數說著：「我為妳受罪，吃苦……妳卻爬到我的頭上來……」她的手掌仍在女兒的頭上、肩上擊著……

「住手！」金老爹大聲吆喝：「妳太不懂規矩了！有道理可以說，為什麼要拿孩子出氣？」

媳婦聽到他的話，愣了一下。手一鬆，孩子便滑出她的掌握，溜在祖父的膝旁。小孩也感覺到是爺爺替她解圍，所以右手拉著祖父的上衣，左臂擦著眼淚嚎哭，像要祖父為她伸冤似的。

一會兒，他便看到媳婦手臂一揮，吼叫起來，像已明白是怎麼一回事。她吼道：「你們老的、小的，全家三代都欺侮我，我不要活了，和你們拚了……」

金老爹的心尖抖了一下。難道她眞要和他拚命？那像什麼呢？他老了，沒有力氣，定會吃眼前虧。他自己吃虧還是小事，但這是逆倫哪！就是他能打得過她，公公和媳婦扭在一起，自己的體面不是全喪失了。

還好！他感到眼前突然一亮。原來她舉起雙臂，沒有走向他，卻掉轉身竄向廚房，一面嘴裡嚷著：「你躲著不響就算了，你出來啊……我要——」

她沙啞的嗓音，使老人急旋身走向起居室。他已非常後悔了。但他爲什麼要管她的事呢？現在他已替自己的兒子惹了麻煩。如果他能忍耐住不響，家中可能不會這樣天翻地覆。此刻他才知道兒子爲什麼會有那樣大的耐性。他年紀大了，也應該像兒子一樣忍耐的。

他經過方桌旁，眼光掠向那堆著幾隻空碗和亂竹筷的桌面。他覺得對晚飯已毫無胃口，歪身倒在柳條椅上。跟著那隻小花貓又跳在他的膝上，他撫著貓背，一陣蒼涼的感覺襲上心頭……

這時廚房裡的鬧嚷聲更大了。媳婦的嗓門很寬，聲調又高又響亮，他平時已聽得很厭膩，在吵鬧當中就覺得特別難於忍受。他試著不聽那些謾罵的語句，不想他們爭吵的事；但一些尖銳的字眼，像：死啊，窮啊，離婚哪，受苦受難……仍鑽進耳中。他認為自己該早點離開這兒，免受這些閒氣。這是他兒子的事，耳不聽，就心不煩——他真能這樣放得開嗎？兒子是他自己生的。再說，他又能到那兒去呢？天這麼冷，晚飯還沒有吃；這幾根老骨頭，看樣子要倒斃在路上……

金老頭毅然地站起來，小花貓被摔在地上。

他移動了二步，便聽到尖厲的喊叫聲：「打吧！你打啊！我不要命——」

「媽媽！不要嘛——爸爸，不要——媽……」

扭打聲、咒罵聲和孩子的啼哭聲混成一片。金老爹兩臂向前一伸，然後，向兩旁分開：「這還成一個家嗎？」他對自己說：「快變成瘋人院啦！」

他在這小客廳裡，彎腰低頭團團轉。現在他不想離開這兒，要看看他們究竟會鬧成什麼樣子？他的兒子是善良的、有耐性的人，不可能有魯莽的行為；可是現在鬧起來，打起來了，算是誰的錯呢？人心是難以捉摸的，有無限的因素，會使他衝動……

「嘩……啦啦……」

那是很多瓷器砸碎的聲音。好吧；鬧得愈兇愈好。吵嘴、打架、砸東西……十年來積蓄的怨恨，看樣子都要在今天爆發了。他恨自己太軟弱，沒有力量去鎮壓或是解決他們的吵鬧。當然，他是站在兒子這一邊的，要在言語和態度上贊成兒子的舉動斥責媳婦一頓，使他們安靜下來；可是，媳婦會接受他的理論嗎？她是年輕人，需要的是安逸、享樂和無拘無束的自由生活；而他的兒子提供她的，太不能使她滿足了。她為什麼要循規蹈矩？鬧得大家雞犬不寧，然後……

他太老了，年輕人的心理，他想不透。實在的，他不知道他們為什麼要吵鬧。他眞希望兒子能早點和他談談關於他們夫妻間的愛情、生活、本性……或是更重要的事，今天可能就會了解他們之間的困惑。但他也很慶幸兒子沒有和他談過這些問題，因他覺得離開他們的世界太遠，已無法幫助兒子解決難題。還是一切都不知道，裝成一個老傻瓜的好。

媳婦已跳出廚房，左手插腰，右手揮舞，帶著嚎哭的語調嚷著：「前世作了孽，才碰到你這個『窩囊廢』……」

金老爹連忙縮回坐到柳條椅上。不願媳婦知道他在窺視他們的吵鬧；更不願意看到媳婦生氣時那樣嘴臉。好了，他們分開了，要風平浪靜了。

「成天伺候你們老小三代，你們盡把氣我受，哼！瞧吧！不管老的，小的，我全都瞧不上……」

好啦，停止吧：金老頭又抱起他腳踝旁的小花貓。再罵下去，便會更難聽。兒子不要再搭碴兒，或許就要停止吵嚷——

「瞧不上，你就滾！」兒子從廚房內伸出頭，直著嗓子喊了一句，又縮回去。

「好。滾！我滾。讓你們老老少少眼前清靜。」

媳婦說著跳著回房去了。金老爹緊抱著小花貓，手心出冷汗。謝謝老天爺，此刻總算告一段落了。媳婦負氣回房，不吃、不喝，躺在床上兩天、三天。他想兒子要說許多好話，賠許多小心，才離開房門，安靜地生活了二十四小時；再開始打牌、看電影、談天說地……又和丈夫吵鬧。這好像已成爲一定的循環法則。

一陣又密又急的高跟皮鞋聲，由遠而近地從院中響起。金老頭掉轉頭，便見媳婦拎著綠色手提箱。昂著頭，跨進客廳，直向門外衝去。

「媽媽，媽——」孫女兒在院中叫嚷道：「我要去，要去。」

媳婦的高跟鞋聲慢點，輕點，但立刻變得又重又急，匆匆地越過門檻。

小女孩跳進客廳，抓起椅上的紅書包，三步併著兩步的向門外衝去。她的父親趕到了，從她身後抓住她的雙肩，用溫柔的語調哄道：「寶寶乖，不要去，媽媽有事——」

「不嘛！不要嘛。我要媽媽，我要去啊。」小女孩扭動著肢體撒嬌。

「媽媽生氣了。妳跟去，媽媽就更不高興，又要打妳了。要吃晚飯嗎？我們先吃。吃飽了，去找媽媽——」兒子說到這兒忽然轉過頭來，看看父親，正碰著父親注視他們的目光，連忙赧然低下頭。

金老爹突然對兒子非常同情了。這同情裡含有憐憫和憎厭的味道。他了解兒子內心的痛苦，但他有什麼辦法幫助他呢？現在他還不知道，吃過晚飯，兒子真的去找媳婦，還是哄小孩子的？兒子和他單獨地生活了二十多年，難道長大了，就一天不能離開妻子嗎？

兒子抱起孫女兒用甜蜜的話，呢喃地哄她、安慰她。金老爹聽不到他們說些什麼？但小女孩已不急著要跟媽媽去了。

小花貓貼伏在金老爹的胸懷，閉起雙目，享受著他的愛撫。突然之間，他矇朧地覺得手中撫摸的不是一隻貓，而是他的兒子。三歲、五歲、七歲？那都無關緊要。兒子三歲就沒有母親，是從他手中一寸寸地摸大的，他把全部精神和心血都花在兒子身上，成日幻想著他長大，娶妻生子……他的理想實想了，便落得今天的下場。

他慢慢地抬起頭，逡視著客廳，桌上的碗筷，在霧茫茫的燈光下閃爍。屋中的一切，都是那樣安詳、寧靜。兒子抱著孫女兒由屋中踱向院子，愈走愈遠，他感到自己更孤獨了。

小明的悲哀

小明伏在桌上堆積木，突地停下掉頭問母親：「哥哥不再回來了嗎？」躺在沙發凝視天花板的母親，像被驚醒似地坐直了瞪著他。「唔——」她發了一個長音，不知是否認，還是承認，但小明知道那是回答他不再回來了。

「姐姐呢？」

母親將面孔埋在手裡，眼皮垂下，像要哭的樣子。

「她住在外婆家裡——」她說時已掏出手帕來了。

小明連忙推開積木爬下凳子，走到母親的身旁。他想不到這兩句話，會使母親這樣傷心。他做錯事，母親打他、罵他，倒不在乎，就是怕母親流淚痛哭。

小明伏在母親的膝上，翹首問她：「媽，我也要去嗎？」他知道母親最喜歡帶他到外婆家去的，父親剛死那一年，他和母親一直住在外婆家裡，雖然那時母親也不快樂，但比現在要好得多了，沒有人跟母親吵架，母親也不會生氣。所以他總想到外婆家去。

母親怔住了，突地緊抱著他，吻著他的額角：「小明，你爲什麼要離開我？」她急促地說。

「家裡太冷清。」小明噘著嘴唇回答。他看現在那麼大的一個客廳，擺滿了沙發，吊燈和壁燈都是亮晶晶的，只有他和母親二人並坐著。他家裡還有一個很大的花園，種著很多紅紅綠綠的花，奇奇怪怪的樹，也沒有人和他一道玩。外婆家裡的小伙伴多，非常熱鬧，他太喜歡外婆了：「媽，妳和我一齊去嗎？」他接著問。

母親沒有作聲，只是搖搖頭，眉毛皺得更緊了。

他爬起跪在母親的膝上，看著母親的眼睛，眼淚從她的眼角爬下來了。這實在是他的不好，他不該提到哥哥和姐姐，他們都是和母親吵架才離開家的，母親還在生他們的氣，他現在應該想點使母親高興的事了。

「今晚四叔還來嗎？」他又接著問。他知道唯有四叔來，母親才會高興，四叔常會帶小珍來。小珍是四叔的女兒，比小明小二歲。小珍的母親，三年前就死了，她告訴他說，她家裡也很冷清，所以很喜歡到小明家裡來玩。當然，小明也很高興看到她。他們兩家是接連在一起的，以前有側門相通，走起來很方便。現在側門鎖了，要從大門出入，就顯得遠多了。

為了要使母親高興，他希望四叔會常來，但看到大哥是討厭四叔的。為了四叔，大哥常常和母親吵鬧，他看到這些非常的難過。因為從父親死後，他一直崇拜著大哥。大哥教他讀書識字，講很多有趣的故事給他聽。他認為大哥已很了不起，但為什麼要和母親吵鬧呢？難道他不願意看到母親高興麼？一天，他就這樣問大哥。

「你還是小孩子，不要管這些事。」大哥生氣地說。

「哦，我知道，」小明歪頭裝著調皮的樣子說：「你是為了四叔，和媽生氣的。」

大哥沒有作聲，只是瞪他一眼。

「四叔不是待我們很好嗎？」小明接著說：「他也姓毛啊！」

「你懂得什麼！」大哥吼起來：「那要關係著我們的體面的。」

小明不知道體面有何重要，也不知道體面是什麼，但他認為這與他的家庭有關係。母親告訴他說，他的祖父曾做過很大的官，所以家裡很有錢。他的伯伯叔叔們，都是拿錢出去讀書，讀完書就蹲在家裡吃飯，唯有他父親在中學裡當老師：「你的伯伯叔叔共有八個，只有你父親才是有眞學問。」

「四叔呢？」他問。

「他……他是學法律的，」母親想了想：「他可以做律師。」

小明根本不懂律師是什麼，他也就覺得四叔沒有父親偉大。現在既然大哥這樣反對四叔，他也就認爲四叔常到他家裡來，是一件很不體面的事了。

而且，他看到母親也一天比一天愁悶了。過去，在四叔來的時候，母親還很高興，以後當著四叔的面，也有苦惱的神情。他們起先是爭論，接著就是他母親流淚和唉聲嘆氣，最後總是四叔帶著滿臉不快的樣子走了。他不明瞭爭執的內容，僅知道他們的意見很分歧。

四叔來到他家的次數更多，好像四叔已不能離開小明的家，而他母親也彷彿不能不看到四叔。他覺得母親和四叔的意見已慢慢的一致了。一個晚上，四叔走後，母親突然問他：「你喜歡四叔嗎？」

他點點頭：「喜歡。」他知道哥哥姐姐都反對四叔，但看到母親這時非常快活，便順著她的意思這樣說，他是願意母親時刻高興的。

「四叔做你爸爸好嗎？」母親抱起了他。

他感到很奇怪：「四叔就是四叔嘛，爲什麼要做爸爸？」

「四叔做了爸爸，就會更喜歡你了。」

「不要，不要……」他擺搖著身體撒嬌地說：「爸爸已經死了三年，我再也不要爸爸了。」

他從母親的膝蓋滑下，見母親愣愣地看著他，淚也跟著滾下來了。

近來小明感到很苦惱，他覺得大人的心理太複雜，自己太不懂大人們的心理了，他眞不希望自己長大。因爲哥哥姐姐，和母親鬧得更兇了。尤其在今天，他哥哥和母親吵鬧後，便憤恨的說著不再回家了。

家庭局勢的嚴重，小明已經看出。不常到他家的外公，今天下午也來了。他無法確定，外公是不是由大哥請來說服母親的；但他完全明白，外公的來是與四叔有關。所以在他們談話時，他便在門外偷偷地聽著。

「姓嚴的，再不要妳這不爭氣的女兒了！」外公拍著桌子叫道。他的眼睛睜得很大，鬍子在說完話後，還連連地抖動著。外公一定很生氣了，他眞想上前摸摸他的鬍子，那樣外公就會開心了，但他這時不敢進去。

「我並沒有做丟臉的事呀！」母親本來坐在外公的對面，這時站起走到外公的面前。母親沒有流淚，說話的聲音很大，她從來沒有像這樣激動，他眞擔心他們會打起來。那樣，母親又要吃虧了。

「名門望族，能讓妳胡來？」外公根本不理母親，眼睛瞪著窗外：「妳該爲三個孩子著想！」

小明也順著外公的視線看去，他想外公所看到的，一定是他們家的高大的椰子樹。椰子樹被一道很厚的圍牆圍著，樹雖比牆高，但它不會跑出牆外的。他想告訴外公，用不著他焦急。

他不懂什麼叫名門望族，但從外公說話時的神情看來，他想這可能與做大官有關。他聽母親說過，外公家裡也是有很多人做過大官的。

「我眞不明白，」他母親抬頭望著外公，很堅決地說：「我的事，怎會牽扯到孩子身上去？」

外公與母親爭論很久，但並沒有說服母親，在離開時，外公將姐姐又帶走了。哥哥姐姐離開家後，四叔還不知道，他想四叔一定會來的，所以便問母親。

「不知道，」母親想了想道：「大概會來的……你……你喜歡四叔嗎？」母親抱緊了他，嘴唇緊靠著他的面頰。

「不，我不喜歡。」小明堅決地說。

母親伸長膀子，將他抱至膝前，凝視著他的眼睛，像要看出他爲什麼會有這樣的轉變。他以前總是說喜歡四叔的。

母親的淚，很快從眼眶中滾出。小明想到母親一直以爲他站在她那一邊的，現在突然聽到這樣的話，一定感到難受了。他並不討厭四叔，對母親也沒有什麼成見，本想用言語安慰母親。但想起哥哥始終在反對，而外公也認爲母親這樣做，會影響到他們兄弟姊妹，所以他也就讓母親獨自苦惱了。

小明掙脫母親的懷抱，又跪在凳上伏在桌旁玩積木。沒有回頭看母親，但聽到她抽噎的聲音，他知道她哭得很傷心；但他有什麼辦法呢？他是無法勸母親的啊！

他感到屋中的燈光忽然模糊起來，光滑發亮的桌椅也變成黑漆漆的了；手中的積木，沉重得像一塊塊磚頭。他玩不出什麼新花樣，他覺得太氣悶了。

外面下雨了，雨點濺在窗櫺上，發出嗤嗤的聲音。他像跑進自家的花園，和姐姐在一起捉螢火蟲，忽然下雨了，他躲在一個假山石下，雨一直下個不停，他伏在那裡睡著了，正睡得甜蜜時，突地有很大的聲音震醒了他。睜開眼發覺自己躺在母親的床上，四叔正大聲地嚷著：

「……今天是最後一次談話，我不能再聽任妳拖延下去了！」四叔在房間內來回走著，他穿一套咖啡色西裝，大紅領帶。上嘴唇的一撮小鬍子修得整整齊齊的，頭髮也光光的，一定是剛理過髮。他今天突然覺得四叔很漂亮，難怪母親喜歡他，他自己也有點喜歡四叔了。

「不能等情勢緩和一點再說嗎？」母親倚在門旁低聲地說，眼睛看著自己的手。她的手在互相搓弄著。

「妳一定不知道外面的謠言傳得多厲害。」

「他們怎麼說？」母親抬視逼視著四叔。

「說我們已同居一年了！」

母親嘆了一口氣：「不負責任的話，可以不聽的。」

「可是，」四叔走到母親的身旁：「我們得有一個決定哪！」

母親走到梳粧臺旁的一張椅子坐下，檯燈的光撲在她蒼白的臉上。小明看出母親的頭髮亂蓬蓬的，眼皮紅腫，臉上擠滿了皺紋，顯出三天沒有睡覺的疲倦神氣。好像他已有十年沒看到過母親，母親已變得很老很老。小明眞擔心四叔不會再喜歡母親了。

「我怎麼決定呢？」母親左手撐在臺上托著下顎，仍盯著四叔：「難道教我不顧一切人的反對！」

「別人反對，與我們何干？要知道，法律是站在我們這一邊的。」四叔揮著手臂，站在母親的面前：「妳懂得法律嗎？法律是規定權利和義務的，根據法律，我們的結合——」

「可是，」母親截斷四叔的話：「我們是名門望族啊！」

聽到「名門望族」這句話，小明的心震驚了一下，好像很熟悉。忽然想起，那是外公說過的，現在又被母親學會了。他明白了，大人說的話，都是互相學來的。

「這是封建意識，」四叔忿忿地說：「墮落的家族，是一文都不值的。」

母親沒有回答，房間裡靜了下來，只有鐘聲滴答的響。他側身睡著，感到膀子麻木，但他不敢轉動，怕驚斷了他們的談話。

接著四叔走到母親的面前，兩手搭在她的肩上：「我們爲什麼要留戀這破敗的家族，」四叔輕聲地說：「爲了自己的幸福，我們離開這個家，去重新建立美滿的……」

「可是，我的孩子呢？」

「孩子長大了，總歸要分離的。」四叔慰解道：「妳還可以帶著小明一道走的。」

小明一直在細心聽著。他們談的話，他雖大半都聽不懂，但知道這是最劇烈的談話了。他願意聽四叔這樣高談闊論講些深奧難解的話，他認爲這才算有眞學問。他並不了解他們所談的嚴重性和母親爲難的情形，反而覺得母親很懦弱，沒有四叔豪爽和勇敢。但聽到四叔要母親帶走他時，倏然想起哥哥姐姐都不願跟著母親，以及外公對母親的談話。

「我不喜歡你，我也不願跟你們去。」小明從床鋪上坐起大聲嚷道。

「你爲什麼不喜歡我？」四叔驚詫地走到床前：「你也不願意跟著媽媽？」

「不，我不。」他連連搖頭：「我要跟著姐姐到外婆家去。」

四叔又在房內躑躅了，小明感到空氣非常沉悶，他眞不願意再待在這房內；但此刻自己無法出去，便又歪倒在床上。

門。

「我不能這樣……」母親像自言自語地說：「這樣，孩子的損失就太大了。」

四叔繼續跟母親爭論，小明也不願再聽下去。過了很久，四叔離開時，重重的帶上

母親在椅上低聲的哭了起來。小明爬下床，走到母親膝前。問：「四叔走了嗎？」

他彷彿做錯了什麼事，該向母親賠小心了。

「唔，四叔不會再來了。」母親哽咽著道。

小明想了想道：「那不是很好嗎，哥哥姐姐都可以回來了。」

母親將他抱緊在懷中，氣息急促地說：「你是孩子，不會知道大人底痛苦。」說

完，母親又傷心地哭了起來。

這時，他的心兒一軟，滾燙的眼淚澆在面龐上，他眞希望四叔明天能夠再來。

窗外

夜深了。他是第三次伸頭在窗口，向屋內探望。

屋內還是老樣子：爸爸斜躺在長竹椅上，閉著眼聽收音機內的流行歌曲；媽媽坐在小方桌旁，戴著老花眼鏡縫一件灰白色衣裳。他眞希望他們能改變一些動作或是姿態——他不知道自己爲什麼那樣想，也不知道他們眞正改變了，他又會怎樣做？但他總覺得爸爸應該去睡覺，媽媽可以到廚房去……然後他再輕手輕腳地走進門，躲在自己房內。那麼，一切問題都可以解決了。

改變了沒有？什麼都沒有改變！吊在半空中的六十燭光的電燈泡，光線昏暗模糊；收音機內的歌曲，突然唱出一種嘈雜的調子，這和他在家的情形完全相同。他們並沒因爲他離開家而煩惱，他爲什麼還要回去。

退後兩步，他倚在棕櫚樹旁。緊張的心情鬆弛了，深深地吸口氣。還是到同學家去吧，但他已和同學說過了，今晚不會去。而且老師再三叮嚀，要他回家。如不回去，明天對老師怎樣說呢？能說爸爸媽媽不要他回家嗎？

老師不會相信的。今天老師已不相信他的話了。老師問他為什麼三天不回家。他說：「爸爸媽媽都不喜歡我，我不願看到他們討厭我的臉色，預備遠遠地離開他們。」

「你不是他們親生的嗎？」老師問。

「是親生的。」

「那麼，你為何要這樣說？」老師擦著短髭，現出不相信的神氣：「父母怎會不喜歡自己的孩子。一定是你不聽話，不好好讀書……」

他沒有辯護，因為他不能用言語表達自己的體驗和感覺。怎樣才能把在家中看到和想到的事告訴老師呢？早晨上學，他揹起書包說：「爸爸媽媽再見！」他們仍做自己的事，不理他也不抬頭看他。放學回家了，他跑到媽媽身旁，母親總是匆忙地收衣服、升爐子，東摸一下、西摸一把的團團轉。他想幫忙做點事，母親會豎起眉毛，喝道：「去唸你的書，看看你的成績有多差！」

成績確是很差，每次考試，他總有四五門功課不及格。看到一片「紅字」，心裡總有點難過。這能怪他嗎？他原來的成績不錯，全班四十二個同學，他的名次排在第三，拿著成績單回家，小心地放在父親必看的當天報紙上。父親回家了，他搬張竹凳，坐在起居間門外，手裡捧了一本書，眼睛卻偷窺著屋內。父親把脫下的香港衫、皮鞋、襪子用在圓背木椅上，雙腳套在母親準備好的拖鞋內，抓起椅上的橢圓形紙扇，搖呀搖的走到長檯旁。他緊張了，心猛烈跳動，呼吸似乎停止，父親就要看到他的好成績了……是的，父親看到了，兩指捏起成績單，在眼前晃一晃，就隨便地拋在一旁。他一心一意等著：「光仁眞了不起，成績進步很大」的話，並沒有從父親口中說出。父親捧起那份看不完的報紙，躺在長竹椅上。他用力嚥下一口悶氣。

他眞不懂，父親爲什麼總是那樣冷冰冰，回到家就躺著聽收音機、看報紙？父親也和他一樣，常有許多煩悶和委屈藏在心裡？他常想和父親談談，但看到父親臉上那種淡漠的表情，便忍住要說的話。

一天，他實在忍不住了，走近父親身旁，說：「爸爸，可憐哪，一個人腿斷了，有辦法想嗎？」

「誰呀？」父親的目光仍盯在報紙上。

那是他最要好的一個同學。因爲他說了一句：「那班車快開了，火車頭已大叫了……」他們同坐的那班火車還沒有停下，那同學已很快地跳下車。他看到同學滾在鐵軌上，聽到擾攘聲、尖直的哨子聲……他陪伴在鐵路醫院裡，同學的母親趕來了。同學說：「不要寫信告訴爸，爸太關心我，知道了會難過——我兩條腿斷了，還有兩隻手能做事……」

他和同學的母親都哭了。同學只斷了一條腿，但一條腿和兩條腿有什麼不同呢？同學的母親眞會不寫信告訴他父親嗎？回家後，他想把滿肚皮的話、滿腦子的感覺，找一個人談談。而父親竟是那樣漫不關心地說：「誰呀？」他眞要對父親大聲地喊：「是我！你的兒子腿斷了，你會感到很『難過』吧？……」

他只在父親身旁轉一個圈，便默默走開。父親不關心他一切，說了有什麼用？即或是他的腿被輾斷，父親會指木頭似的對醫生說：「從這兒起鋸掉。」他的腿眞像木廠內的一段木材嗎？

他曾到過父親工作的那家鋸木廠。父親和另外一個人，抬起長長的木頭，放在上下飛速滑動的電鋸旁，一會兒工夫，即被切成兩段。這工作很輕鬆，也不難學，只要看看就會了。那時他剛放學，揹著書包站在一旁，注視父親工作。和父親一起工作的那人說：「噢——老羅！眞了不起，你有一個念中學的兒子——」父親沒有等他說完，便大聲喝道：「趕快回家！」

看到父親滿臉怒容，似無通融餘地，只好悻悻地離開。爲什麼父親不讓他在旁看他工作？他眞想甩掉書包幫忙哩。當然，他不懂的事太多了，父親在家中一直都不快樂，也不關心他的生活和學業。成人的世界，眞有那麼多秘密，不能讓自己了解？

父親既不關心他的成績，他爲什麼要努力讀書。受人注意的事太多了。看，籃球隊長把截來的球，閃過阻擋的人，輕巧地擲在籃圈內；圍在場邊的男女同學，隨即發出熱烈的掌聲和叫好聲。球員是如此的受人讚賞，他爲什麼不把精力集中在籃球上？現在他連上課、吃飯、走路時都想著球……拍一下，交叉傳出去——一個假動作，從空隙裡投籃……叫好聲、鼓掌聲成天鑽在耳內，彷彿他已變成一個明星球員，有千萬的球迷注意他的生活、球技……父親不關心他，又算什麼呢？成績不好就讓它不好吧！

然而，他並不是爲了學業成績不好才離開家，那只是爲了一點兒小事，現在想起來，還覺得很奇怪。母親給錢要他去理髮。理好髮回家，母親見他留了長髮，定要他再去剪掉。他不曉得媽媽反對他留髮，早知道就不會告訴理髮師這樣剪法。再去重剪太傷他的自尊。母親在氣憤時，不會考慮那樣多，如父親在旁說「讓他下次剃光好了。」不是一切問題都解決了。沒有，父親仍靜靜躺在長竹椅上，無精打采地看著他們，在他身旁發生的爭吵，像與他無關。好吧！他匆匆跑進房間，從窗口拋出書包，然後再走出大門，揹起書包離開家。他在家中既然不重要，離家以後，他們也不會難過和傷心的。

他住在同學家裡，仍照常上課。今天老師告訴他，他必須回家。他不回家怎麼辦呢？能在同學家裡住一輩子嗎？可是，他回家又怎能忍受他們對他的冷淡和忽視？進門以後，他對父母怎樣說，父母又用怎樣的目光看待他呢？所以徘徊……

他第四次伸頭在窗口了。使他驚奇的是，父親坐了起來，面對著母親大聲說話。這是從來沒有的事，今天爲什麼會特別些？現在他倒要聽聽，他們說些什麼了。

「他說我們都不喜歡他，討厭他，」父親睜大眼睛看著母親，右手揮舞：「你要我怎樣告訴他老師呢？」

原來，父親已見了老師，他和老師談的話，他一定全知道。他眞後悔對老師談得太多了。

「我流浪了半輩子，只有這麼一個孩子，不喜歡他，又喜歡誰？」

「那樣說眞不公平。」母親說：「我們給他吃、給他穿、給他唸書，希望他能有用，替娘老子爭氣……」

父親像沒有聽到母親的話，繼續說：「他說我們不關心他，不管他。我們怎樣管他呢？那是他自己的事！他好好唸書，我們就省吃省用管他學費——他不唸書，就幫助做工，我們生活還過得舒服些……」

「你爲什麼不當面告訴他？」母親放下手中縫紉的衣服，站起來避開父親的目光：「孩子是要父母管教的，你平時不聞不問——」

「你要我怎樣管他呢！」父親跳了起來，抓起一把圓紙扇急速地搖動著。他從沒有看到父親在家中這樣性急過。今天一定是受老師的影響——或許不是，他不在家時，爸爸媽媽會隨意談天說地，他在他們身旁，爸爸就不開口說話……

「他已十七歲，不是孩子了。」父親說：「你知道的，我早就告訴你了，我十三歲的時候，就已流浪在外，常常穿不暖、吃不飽，誰都沒有管過我……」

他忽然覺得眼眶潤濕。父親以往的生活，他為什麼一點兒都不知道。他聽母親說過，祖父母很早就去世了。父親獨個兒苦幹、實幹地成家立業。但他無論如何都想不到一個人在外面挨凍受餓的滋味。如果他經歷了這些苦難，能不能像父親一樣地撐著站起來？

「……我沒有唸過書，不識字。檢到一張過期的當票，請教別人才曉得——」父親用左腳跟轉了一下，他正看到父親的右面龐，眉毛濃縮著，眼角的皺紋又深又長：「現在同我做活的人，還嘲笑我是個『睜眼瞎子』——」

母親接著問：「你成天不開心，就是為了這個……？」

什麼？母親也認為父親不快活？父親內心的煩惱，母親也不知道？為什麼他以前一直沒有領會到這一點，只覺得父親對自己冷淡；他太不了解大人們的心理了！

沉默了片刻：「他們常問我：『今天報上的消息，你看到嗎？』」父親的語調變得興奮起來：「看到了。我不認得。報紙上大大小小密密麻麻的字，對我沒有影響。如果我唸過書，有學問，我會昂著頭走進走出。我心裡總在想：我有一個讀中學的兒子了。

他會讀報，他會寫字、作文……回到家，看到他拿著一本厚厚的書在看，心裡覺得又喜歡，又妒忌──我有一個能幹的兒子，可以替我出氣了。誰料到他是那樣不成材，我怎樣管他呢……？」

他覺得自己的心在跳，腿也有點發軟。他眞怪父親爲什麼不早點和他談談。他了解父親的一切，就不可能發生誤會了。

父親接著說：「他讀了那許多書，一定懂得很多道理。我都不認得那些字啊，誰曉得他一點兒不懂事──」

但父親每天都在看報啊！那是想認字，還是假裝看得懂？

父親的話突然頓住，用力地撲倒在長竹椅上，兩手抱著額頭，現出十分痛苦的樣子。

屋中靜了下來，他可以聽到母親房中的鬧鐘「滴、答、滴、答……」聲。啊！還有啜泣聲。他自己也流淚了。父親內心有那麼多的痛苦；他沒有替他減輕，反而增加了他的煩悶……

他再也不能想，沒有時間想了。他要抱著父親痛哭一場……現在他能做什麼呢？

他縮起腳尖，繞過牆角，直向屋內衝去。

入場券

門房疤眼老李，在門外大聲喊著，便從窗縫裡塞進一封限時信。

吳大白正仰臥在木床上，兩腿掛在床頭橫檔晃盪；這時忙縱身起來拿信。打開信封，見是朋友送來的兩張連號晚會入場券。這晚會節目精彩，有歌、有舞，還有電影明星登臺表演。

這太妙了。他正愁晚飯後無處可去，獨個悶在房間裡不是滋味。現在有這樣好機會，可以打發寂寞，能不高興。

側轉頭，見床旁書桌的圓形鬧鐘，指著六點〇五分。晚會入場時間是七點，現在正好出發。

他準備出門了，忽然想起一人拿著兩張入場券，未免太浪費，找一個伴兒邊看邊談才會有趣。這難題來了，他找誰呢？

在以往這是不成問題的，他可找金旭。金旭和他同學又是同事，吃、喝、談天都在一起。現在卻爲了一個新來的女打字員，他們鬧翻了；不但不玩在一起，路上碰面時，招呼也不打，簡直像陌生人。

想到這裡，他內心有點歉疚。失去一個最親密的朋友，等於斷掉一隻手臂，現在他就有這種感覺。不過，這不能怪他，完全由於金旭錯誤，當然他不負這絕交的責任。

他在房中轉了兩圈，還沒有想到找誰。忽然，他把捏在手中的二張綠色入場券，猛住桌上一拍，嚷道：「爲什麼這樣笨？」

他想起來了。可以藉這機會去找那打字小姐李雪嬌。李雪嬌住在前面一幢單身宿舍裡。她平時最喜歡談論電影明星的生活，看起來她很羨慕她們的一切。現在有機會，她必定願意親眼看到她們表演。

決定請她後，他覺得該換套整潔的西裝。襯衫也太皺太髒，得另換一件。

於是，他忙著穿脫衣服。一忽兒找襪子、穿襯衫、刷上衣、領帶亂飛，床上、衣架上都凌亂了。

「篤……篤……」那是敲門聲。

「進來。」他喊，覺得客人來的不是時候。他希望是替大家洗衣服的劉大媽，或是隔壁唸初中的小女孩來借書。如果是來找他聊天的客人，他就沒有奉陪的義務了。

「怎麼，你出門？」進來的人嚷。

「啊，是主任。」他只套上一隻襯衣袖子，趕快又套上一隻。說：「難得來嘛！沒有關係。請坐，請坐。」

他把靠牆擺的臥式柳條椅挪一下，正對著桌上的檯燈，讓主任坐下。這是他的頂頭上司總務主任，他是在總務處服務的，不能不應付一下。上次主任來調解他和金旭的爭執，沒有給他面子，今天來談天又碰著他要出門，機運太不好了。

扣左袖的鈕扣時，眼角偷看了腕錶一下——他覺得在客人面前看錶，是非常不禮貌的事。還好，才六點十分，他陪他談一刻鐘再走還不遲。談話時，他可以打領帶、穿皮鞋……再說，遲些也不要緊，晚會不會準時開幕；就是開幕了，精彩節目都在後面呢！

「你要出去，我不多耽誤你的時間了。」總務主任說，從懷中掏出白色扁菸盒，打開後，抽出兩支菸，一支遞給他，一支啣在自己的嘴上。他接過菸才想起自己慌忙，忘記向客人敬菸，現在連忙抓起桌角的打火機，替客人和自己點上火。

「剛才金旭到我家裡去，」主任說：「所以——」

「金旭？」他正抓著一條有紅條斜紋的領帶，用力一摔，領帶在空中畫一個弧形。說：「我不想談他的事。」

現在他明白主任為什麼到這兒來了。但關於金旭的事，他絕不願意妥協，金旭欺人太甚了。李雪嬌第一天上班，他拿一份稿子交給她打。金旭立刻走過來看了草稿一眼，說：「他這稿子塗改得密密層層，像麻團一樣，先打我這件吧！」

辦公室裡的人都笑了起來。李雪嬌也向他的臉瞟了一眼，用紅手帕掩著嘴格格笑著。

他覺得自己的面頰、耳朵、頸子都發燙了。原來他的臉上擠滿豌豆般大的圓洞。平時就不願意聽到「麻」字；不論是麻皮、麻花，或者是麻雀。今天金旭當著小姐的面譏諷他，他怎能忍受呢？於是他開始反擊了，他說金旭大學還沒畢業；又說他以前結過婚，生過兩個孩子……不管是眞的、假的，他們互相嘲弄起來。

被大家勸解，停止謾罵。但從此不再和金旭談話了。

現在主任又來談金旭的事，他怎願意和他談論。

「你們是多年的同學，」主任尖著嘴唇，把口中的煙噴成一條白線；抖動兩隻膝蓋，說：「何苦爲這樣的一個女孩子，傷了和氣。」

他感到很不高興，主任有輕視他的意味哩！好像在說，你們爲這樣的醜女人爭執，太不合算了。眞的，李雪嬌一點不美，她身材矮胖如半截冬瓜。臉圓圓的，面頰很豐滿，像貼著兩張肉餅。既不清秀，也不苗條，他很奇怪自己爲什麼會對她鍾情。當然，他本身也有缺陷；但和她站在一起，仍比她強多了。還有，他從來就有不服輸的脾氣，現在已和金旭站在敵對地位，錯只有讓它錯到底。

「這是我們自己的事，」他已打好領帶，把床上的衣服推了推，挪出空隙讓自己坐下。本來想說，主管不該干涉部屬私人的事，但覺得這將使客人太難堪了，於是轉換了語氣：「主任還是少管吧！」

「金旭看到今天下午的事，感到很後悔，」主任說：「如果你看到，也就會有相同的感覺了，你下午爲什麼不上班呢？」

「什麼？」他站起身來，「我今天出公差，主任怎麼會忘了呢？」他覺得主任太糊塗，出公差算他是曠職，他的考績就會大成問題了。他不知道金旭看到了什麼，但絕不會饒恕金旭對他的侮辱的。現在只希望主任能早離開這兒，他要去請那打字小姐呢。如果她出去，就失去一次請她玩的最好機會了。他雖沒有低頭看錶，已料到是六點半。他覺得不設法了解主人心理的客人，最容易使主人討厭的了。

「今天有個年輕的、英俊的男人，來找那打字小姐，」主任接著說，把香菸頭悶在煙灰缸裡：「他們談得很親密，金旭經過他們身旁時，她幫他介紹。你曉得他是誰？」

「是誰？」他根本不願聽下去，嫌主任太嚕嗦了。

「是她的未婚夫。」

「未婚夫！」他猛坐在床上，木床吱吱地叫：「可是她的履歷……」他沒有說下去，履歷表上塡的是未婚；未婚是沒有結婚，並不是說沒有訂婚啊！何況在主管面前，承認自己看過別人履歷表，是很愚蠢的事。

「這樣，你該知道金旭爲什麼要後悔了，」主任站起身來，盯著他的臉問：「你接受金旭的道歉嗎？」

「不。」他答。他怎能接受金旭的道歉呢？那樣，主任一定會以爲他是爲了女人才和別人爭執的：「金旭欺人太過分了。」他補了一句。

「我不多耽誤你時間了，你多想想吧，」主任向門外走去：「你會後悔的。」

把主任送出門外，突然，他覺得主任走得太快了。如果主任能多留片刻，他或許能改變主意。可是現在太遲了，他已經走了。

遠處傳來嬰孩的嘶啼聲，房中感到更寂寞。他抓起桌上的二張入場券，鎖好房門，便向大門走去，現在他要獨自去參加晚會了。

疤眼老李拖著木屐站在門房的窗前：「一個人出去，沒有伴？」

他已走過老李身旁，又回過頭來對老李說：「啊，還是麻煩你吧，」他把一張入場券，遞在老李手中：「請把這個送給金先生，你知道吧！就是金旭金先生啊！」說完，他直向晚會的會場走去。

九歌・健行・天培讀友卡

歡迎您在書海裡，選擇了本書。請寄回此卡（不必貼郵票或傳眞 2578-9205），您便成爲九歌讀友將可以——

- **定期收到免費的九歌雜誌以及其他資訊**
- **享有讀友特別優惠及各項回饋活動**

※若您(1)曾郵購九歌・健行・天培書籍(2)已收到九歌雜誌(3)已塡過此卡者，請將此卡轉送您愛書的朋友，以免重複登錄，謝謝！

購買書名＿＿＿＿＿＿＿＿＿＿＿＿＿＿＿＿

姓名：＿＿＿＿＿＿＿＿＿＿＿＿ **性別** □男 □女

年齡 □20 歲以下 □20-30 歲 □30-50 歲 □50 歲以上

地址：□□□＿＿＿＿＿＿＿＿＿＿＿＿＿＿＿＿

白天聯絡電話：＿＿＿＿＿＿＿＿＿＿＿＿＿＿＿＿

從哪裡得知本書：□書店 □報紙 □廣播 □電視 □親友老師推薦 □九歌雜誌 □其他：＿＿＿＿＿＿

您對本書評價：（請塡代號①非常滿意 ②滿意 ③尙可 ④再改進）

封面設計＿＿＿＿＿ 版面編排＿＿＿＿＿ 內容題材＿＿＿＿＿

文／譯筆＿＿＿＿＿ 定價＿＿＿＿＿ 其他＿＿＿＿＿

您平時都在何處買書： □書店 □超市 □郵購 □網路 □其他＿＿＿＿＿＿＿＿

您願和好友分享好書嗎？ 請介紹您愛書的好友讓我們認識，我們可隨時提供最新出版訊息給他們。

姓名	郵遞區號 地址
＿＿＿＿＿＿	□□□＿＿＿＿＿＿＿＿＿＿＿＿
＿＿＿＿＿＿	□□□＿＿＿＿＿＿＿＿＿＿＿＿

※請用正楷書寫，便利作業，以免誤投，謝謝！

音樂、迴旋和愛

靜一點吧，靜一點。眞不能靜下來嗎？她對自己說。當然不能靜下來。這是一闋像狂風暴雨橫掃過來的交響曲。是誰的作品呢？貝多芬？莫札特……她看到女店員剛換上這張唱片，怎會停止？但他不能停止說話嗎？

這是音樂茶室，她眞想靜靜聽這樂章的旋律，優美的主題在什麼地方出現？但是她不懂。不懂音樂，不懂他爲什麼不停地說下去。

「那眞有意思，」他說：「我燒飯，結果怎麼樣，嘿嘿嘿，水全都燒乾了，鍋底燒炸了……」

他緊緊挨在她身旁。這是第三次約會。但她覺得自己不了解他，除了知道他叫陳國鑑，禿頂，戴四百度近視眼鏡外，差不多什麼都不知道。爲什麼不去了解他呢？他正告訴她中學時代的露營生活哩！實際上，他會把他的一切都告訴她，她都沒有聽進耳中去。現在她只想聽音樂；音樂眞是那樣優美嗎？聽音樂的機會太多了。在房間裡，躺在床上，打開床頭的收音機，要聽多久就聽多久。可是男人，稀奇古怪的男人，骯髒愚笨的男人……失去一個就少一個。瑪麗說：「不要懷念過去了，青春不會等我們。你知道青春對女人多重要？有機會，有男人就不要放過……」

本來她和吳瑪麗、毛雨秋同住在一個房間。吳瑪麗的床現時空在那裡，只有毛雨秋和她住在一起。看樣子毛雨秋也快要搬出去，那樣大的一個房間，讓她獨個兒留在裡面，過著冷冷清清的生活，怎麼受得了。

什麼，他眞的停頓不說了。她已很久沒有注意到他說什麼。這未免太沒有禮貌。他知道她沒有聽他說話嗎？她的樣子裝得很像，左手臂擱在桌面，手掌托著下顎；臉孔斜對著他，兩目向他凝視，他會懷疑她全部沒有聽到？

「後來怎麼樣？」她說，表現出很願意知道結果的樣子。

「我不會唱歌，他們一定要我唱。」他取下眼鏡，用右手食指橫著擦了擦眼皮，然後再戴上，接著說：「女同學們笑我，諷刺我。當臨時主席的女同學好兇啊。她把我拖在圓圈中央。好難爲情啊。不能不唱——」

「唱什麼呢？」

他笑了笑，露出雪白的牙齒：「那是我在幼稚園學的，到現在還記得。」他很得意地低聲唱起來：「世上只有媽媽好，有媽的孩子像個寶……」

沒意思，一點意思都沒有。他的牙齒好白好整齊啊！憑這一點，就可以喜歡他了嗎？

奇怪，鄰桌的人，爲什麼老是瞧著她？那是兩個男人，年輕的男人。戴眼鏡的那個好年輕、好神氣啊！另外那個好高好瘦啊！差不多要趕上胡成學一樣高了。

瑪麗一再告訴她，不要再懷念過去了。但是，她能夠忘記過去嗎？見著相同的人，處在相彷彿的環境裡，就想起了他；想起那個高高大大的胡成學。瑪麗勸她忘記過去，什麼是過去呢？她全部精彩的、甜蜜的生活，就是那大個子。瑪麗知道這一點，所以總避免提到他的名字。但他的影子仍在她說話的當兒襲擊她，使她感到窒息、焦慮，還有一種使身體向上浮的感覺。瑪麗是不會知道的，她也永遠不想告訴她。

她一直感謝瑪麗的好心和友誼；但也有相同的份量在怪她、怨恨她。胡成學就是瑪麗介紹給她認識的。如果不認識他，她也不會有這樣長久的痛苦了。

第一次見面時，他和瑪麗的男友早已先到那家小咖啡館，他們是同學，都是大四的學生，談得很起勁。她和瑪麗走到他們座位旁，他們還在熱烈地辯論著，像根本不知道她們走近，或是裝作不曾看到她們。

她和瑪麗並排地坐下。她坐在他對面，有足夠的時間和機會觀察他。他穿一件很皺的卡其長褲，上身是一件穿在他身上嫌短的大方格香港衫。頭髮短短地蓬亂地歪在一邊。像是一個不會修飾或是故意不修飾自己的大孩子。他和他們熱烈地談著，偶爾才和她搭訕一兩句。她想，他沒有眞正地細心地看過她一分鐘，一秒鐘。他一定不喜歡她了。

那有什麼辦法呢？她不是一個使人一見就喜歡的女孩。她單獨地走在街上或是參加熱鬧的場合，總不會引起別人的注意。所以，她想，見過面以後，瑪麗介紹見面的任務達成了，她還得過自己的平靜生活。還有，他也是一個平平淡淡的人。除了高大以外，也沒有什麼特別的地方使她喜歡。

料想不到的，第二天他就約她去看電影了。瑪麗說，爲什麼不和他一道去呢？他的人長得很「帥」，性情又溫和。其他的一切，他的同學完全了解，都很可靠。這是一個機會，我們可以慢慢向前走，走到什麼地方說什麼話……

他買了一大堆橘子進電影院。他不講話，只是慢慢吃橘子。當然，她也陪他一道吃。他像很專心看電影。可是電影中的笑話和有趣的動作，惹得大家都笑了，他卻一點笑容都沒有。她發覺這一點以後，也強忍住自己的笑聲，怕他嫌她輕浮和幼稚。但她一直在想，他是一個冷漠的怪人，和他在一起，要壓制自己的感情，裝一個癡癡呆呆的角色，未免太痛苦。以後，她永遠不要和他在一起了。

出了電影院，她立刻改變主意。因爲他變得有說有笑，像是認識兩三年的老朋友。他和她談論劇情，批評演員的動作、故事的缺點。

他和她並肩走著，手臂揮舞著：「喂！我對妳說。妳不覺得女主角從臥房中出來時，衣服穿得太少嗎？」

衣服當然太少。她要暴露她的胸脯、大腿……爲了男觀衆喜歡，爲了票房紀錄。這些話她不便說，只是告訴他，她和他有相同的感覺。

「還有，我對妳說。假使不是碰巧發生車禍，這淫婦怎麼辦？在高級的藝術品內，是沒有『巧合』存在的啊……」

他爲什麼要這樣認眞。這是電影哪，他們就是爲了討論電影的優劣和技巧才來的嗎？當然不是。她停了一會兒沒有講話，他感覺到了，立刻換了話題。他很懂得別人心理。

他們一直走著，走著。她覺得很輕鬆、很興奮。理由她說不出。他要找個地方休息，喝點或吃點什麼，她都拒絕了。她不知道自己要什麼，盼望著什麼。她認爲自己想回家，躺在床上，把愉快和甜蜜的感覺，告訴吳瑪麗和毛雨秋。她們或許還沒有回家，但那沒有關係。她可以在屋內大聲說話，像她們在家時一樣……可是她爲什麼要有這樣的感覺呢？他沒有對她作任何喜歡或是讚美的表示。誰知道他對她的印象如何，她竟會這樣輕飄飄地……

他突然站定，凝視著她，認眞地說：「累了吧？」

「沒有。」她堅強地答。這不是眞話，她已感到非常疲倦了。穿著高跟鞋，走這樣長的路，兩腿眞夠累了。但她喜歡這樣走下去。她不知道這是什麼地方，看起來很荒涼，應該說是很幽靜；或許夜已很深了。她不想看錶。瑪麗說過，他老實可靠。她爲什麼要看錶呢？他伴著她，可以一直走回家。瑪麗她們是不會怪她的。

「我們該休息休息。」他說，向前一步，兩隻粗大的手掌，很自然地落在她肩上。自然得像本是生長在她的身上一樣，她沒有理由拒絕這自然的動作。但她立刻覺得高大椰子樹的樹葉在路燈光中搖蕩。不，不是；那是她自己在顫慄。他離她更近了。剎那間，發現他是那樣高大，強壯；而自己卻這樣微弱，渺小。他像一座雄偉的高山，而她卻是一座矗起的丘陵……忽然，她聽到低沉的聲音：「你是我見過的女孩當中，最喜歡的女孩——」

「騙人，我不信。」

「眞的。爲什麼不相信？」

她覺得那座高山傾斜了，倒塌了，立刻要壓在自己的頭頂，身軀……她的兩臂微曲著撐在他的胸前，慢慢仰起了頭。他的面孔慢慢貼近她的臉龐，嘴唇壓在她的唇上。

她仍堅定站著。有什麼感覺呢？痲木。她應該推開他，避開他；不可能。他的兩臂緊緊抱著她，她那裡還有力量，閉起眼睛，椰子樹葉晃動……

半晌，他抬起了頭，說：「沒有經驗？」

「什麼？」

「關於接吻……」

「你希望我是接吻長大的嗎？」她眞有點氣惱，覺得受了不小的委屈和侮辱。

「當然不——別說了。」他又輕輕拉近她。

「可是，我的皮包……」

「不能放在地上嗎？」

她不能彎腰。沒有時間，沒有空隙，皮包又算什麼呢？

「啪啦禿！」皮包跌落在地上。

她低頭瞧了瞧。皮包仍在她雙膝茶綠色的裙上，右手緊緊握著一端。皮包現在是不會掉在地上的。這兒是音樂茶室，陳國鑑坐在她身旁……那銀灰色的皮包，已被她收藏在箱中，她不想用它了，除非有一天，他會再回到她身旁——

「崩、嘩啦……吱吱喳喳……」樂隊中所有的樂器都在鳴奏了吧？爲什麼這樣喧囂鬧嚷。

「太吵了，請你……可以吧？」她說，皺起眉頭：「對她們講一講，換張唱片。或者，或者聲音小點。」

「可以，當然可以。什麼唱片？你喜歡……？」

「無所謂，隨便，輕音樂吧。」

她目光追隨著他蹣跚的身影。爲什麼她不喜歡他呢？太胖了？身材矮？這理由不能成立。他很體貼她、巴結她，不像胡成學那樣一百二十分不在乎妳對他的印象……。

鄰座那個男人直直地瞪著她，眼中充滿了邪惡、慾望……多奇怪，多可怕啊。他拿起筆來在桌面的一張紙上塗著。寫什麼呢？他會寫：離開那庸俗的傢伙，跟我走好嗎……？

誰說的？爲什麼要這樣想？那個陌生人，一直在注意諦聽他們的談話。好像要明白她和陳國鑑的關係、交情。他可能是個小說家、戲劇家、新聞記者……要把他們談的話，寫成小說、拍成電影……多可怕，眞人實事。糟糕！他們的話全被聽去了——聽去又怎麼樣？都是平凡的話。我內心想的說的誰懂？假使有人知道你荒謬的古怪的思想，那麼你就無臉見人……

他爲什麼還不回座位來？唱片眞的換了，是輕音樂，溫柔的調子……大個子就喜歡聽這溫柔的——

她不明白，為什麼又想起他，那個大個子。看電影後的第二天，他就來到她的宿舍。發展眞快哩！坐嘛，輕一點，椅子吃不消。喝茶？喝開水，我沒有茶葉哩。問得多可笑。聽音樂嗎？溫柔的調子。房間裡很糟、很亂。梳子、口紅、內衣、內褲、長襪……早一點收拾收拾也好。他不是一個很細心的人，不會見怪吧。心裡很糟很亂，舉動也很可笑。瑪麗在家就好了。她到那兒去了？不知道。誰都不管誰的行動。回來以後，她會告訴她的。

「你知道我為什麼要來嗎？」他說。

「不知道。」

「我來看信啊。」

她顫慄了一下，昨晚她是無意之中洩漏出來的。怎麼他已記牢，今天就來看信。給不給他看呢？現在很後悔告訴他了。竭力搜索記憶，要明白為什麼說那樣的話。能怪她嗎？他認為她無戀愛經驗，是個無人喜歡的女孩。用事實證明有人喜歡我……我現在感到很煩惱。為什麼呢？一個男人——是同事啊！他不斷地寫信。不要理他就好了。從來沒有理過他，也沒有回過他的信。可是信哪，一封一封地來。很多封，有一大綑呢，很多都沒有拆。你太忍心，太沒有人情味了。很煩哪。常常深夜派人送麵、送點心到房間來，可是，從來沒有吃過——啊！眞了不起。爲什麼要那樣堅決——他有羨慕的表情了。深思著，或許會懷疑這話的眞實性。但她爲什麼要騙他呢？往後處得久了，慢慢就會明白，她不是一個說大話吹牛的人。然而他等不及，立刻來看信。是好奇？還是要證實她在別人眼中有多少「價値」？

「你眞不嫌煩？」她從床下的一個小箱子，抱出了那綑信，放在他面前的桌上，撿出了一大堆。「這些都是沒有打開的。現在請你擔任臨時祕書，處理函件——」

眞的，他很感興趣地拆起信來。看著，微笑著……但是，她不舒服的感覺，慢慢增加。她覺得對不起那個寫信的人。這樣對付他，確是太不公平。她能禁止他繼續看下去嗎？那是她委託他這樣做的，他該拒絕這種任務。男人和男人之間的連繫與隔閡……她不明白。誰知他看了信以後有怎樣想法：

「你聽！」他抖著一張信紙說：「『你是我夏天的冰淇淋，冬天的熱水瓶……』好熱情啊！」

太肉麻、太幼稚、太庸俗啊。他確是一個庸俗的人。可能這就是她不喜歡他的理由。但她沒有想辦法去喜歡他。她該和他談天，在一起玩。爲什麼不給他一點機會呢？現在他變成大個子的嘲笑對象……

「喂，我對妳說：信裡面有錢哩！」他大聲喊叫道。

「錢？」她覺得他有點過分了。一個人不應該這樣嘲弄別人的。

「是啊。」他說：「還是美鈔。」

突然內心感到一陣難過。那人未免太看輕她了。難道這少數的金錢，就能買得她的歡心。用金錢去買愛情的人，的確是太愚蠢了。但是她不知道，一直把錢留在這兒，他還以爲她是接受了呢。

「他怎麼說？還有嗎？」

三封信裡有錢，全抽出來，擺在桌上。他說他怕她缺少零用錢，所以寄一點給她，表示關懷她的生活。他本來要送點禮物給她，因爲他沒有機會和她接近，不知她喜歡什麼、缺少什麼，才做這樣愚笨的舉動……他所說的話像很誠懇很有理由，你眞會相信他不是爲了炫耀自己的錢財，也不認爲妳是個拜金的人，而只是他的想法天眞、用心忠厚？不論怎樣說，這事已成過去。大個子在她身旁，以前的事不用推敲和考慮了。

「妳怎麼辦呢？」胡成學沉靜地望著她，像要從她的表情和動作看出她內心的意志：「不覺得有點歉疚什麼的……」

「後悔？」她接著說。搖頭、微笑，像是很得意：「退回去。錢，誰沒看過？爲什麼要抱歉？」

他們同時發出會心的微笑。感情的距離，一下子就縮短一大截。她覺得她已抓牢他的心，他再也不會從她手中滑脫。可是感情這東西，是多麼縹緲，是多麼難於掌握。而他竟離開她有二年多的時間。她現在卻坐在這音樂茶室，聽溫柔的調子……

「我又叫了兩客西瓜，」陳國鑑露著興奮的笑容，用迴旋的舞姿，輕飄飄地坐在她身旁：「妳說過，妳喜歡吃西瓜。剛才的那份不甜，現在的包不錯……」

他沒有再說下去。一定覺得她對這話題不感興趣了。她不是來聽音樂，也不是來吃西瓜的。那麼，究竟是來幹什麼的？她不知道。

鄰桌那個男人，對她笑笑。不懷好意的笑。他聽到他們說些什麼了？她想，她應該回家，爲什麼要和他纏在一起？她不知道。瑪麗說，忍耐一點的好。男人的心，誰都捉摸不到。假使你能忍耐一下，大個子還會跑得了。跑了又怎麼樣？她不在乎。可是面皮被抓破了，心碎了。吳瑪麗說，妳性子太急了。誰知道他心裡打的什麼壞主意。毛雨秋說，男人算什麼呢？走掉一個，再找一個補上。太簡單了。然而他們不是妳，不能代表妳。妳自己還得苦惱。全部的事情，都是妳自己弄糟了。妳既然愛他，喜歡他，爲什麼要故意做作呢？

一切都準備妥當，衣服、日用品都收拾好了。還有瑪麗的那張空床，她都要帶著，和他住到一塊兒去。他很早就給她暗示了：「眞不錯，瑪麗他們……」他們也和瑪麗一樣互相愛戀，爲什麼不可以生活在一塊兒呢？

好啦，這一天終於來到了。他說，他要來接她同去。她感到又興奮又驚奇。她一直認爲他是個正人君子；而他表現的也確使她滿意。她不怕他，他的道德心和責任感都很重。當然不僅是爲了這個理由，而是她實在太愛他了。爲了愛情，什麼犧牲都値得——她可以犧牲自尊、名譽、金錢……可是，她到這最後的一刻，還不知道他是否眞正的愛她？他仍是那副滿不在乎的樣子，離開她或是親近她好像都沒有兩樣。這是多麼奇怪的一個人啊！就這樣跟他一塊兒走，未免太委屈自己了。

「爲什麼到現在才來？」

「現在並不遲啊。」他舉起左臂看錶：「妳知道的，我很忙啊。」

她也低頭看錶：八點零五分。她已等他一個下午了。今天是禮拜天，她料想他會在一點或是兩點左右來到這兒，幫她整理東西，然後他們商量商量，一起去游泳、划船、看電影……痛快地玩一個下午，再和他——這該是個不平凡的日子，要用興奮和瘋狂的心情，去迎接那新奇的美妙的愛情。然而她是女孩子，她不能表現在臉上、言語上或態度上。只能裝得冷冰冰的，像一切的事都沒有發生，一切的東西都沒有準備。儘管她自己的一切都準備好了，但他走進房間時，看不出她和平時有什麼不同。

「我知道，你當然很忙，」她埋怨地說：「你有你的朋友，你要陪他們在一起。我在你的心中、眼中，沒有一點意思——」

「何必嘛！」他看了看她，又低下頭去：「說這些話有什麼意思？」什麼？他不否認有女朋友，也不承認愛她。進門來，也不說要她整理東西，和他一道去——難道要由她自己說：我愛你，帶我走，佔有我……？……妳眞是那樣低賤？一切都由他佔上風？你愈是委曲求全，而他愈會輕視你，認爲你是個隨便的女人。

「我知道，我知道。」她又氣又恨，眼淚在眼眶中打轉：「我配不上你，你也不喜歡我，你還是去找你喜歡的人吧！」

她想，他會走到她身旁，輕輕撫著她的肩、她的髮。慢慢地，甜蜜地吻她、吻她。然後輕聲地說：「你是我最喜歡的女孩，不要生氣，我們一道……」

但是，沒有，他一點表示都沒有，只是在旁冷冷地看著她。他平時的冷漠和一百二十分不在乎的態度，又表現出來了。她突地覺得她一點都不了解他。她爲什麼竟願和他不明不白地住在一起？那是多麼荒唐的一個想法，或許他只是隨口說說的，根本就沒有那意思，而她竟信以爲眞。他的責任感很重。是的，他怕負責，不想「玩玩」就拋開。所以他又改變主意——誰知道他打的什麼歪主意？

他們都不講話，沒有什麼話好講了。他伏在收音機旁，轉到溫柔的調子……走了，默默地走了。有沒有說「再見」呢？她不知道。就這樣輕飄飄地失去大個子……。

西瓜送來了，她不想吃。鄰座的男人，仍盯住她。多討厭哪！為什麼不能靜靜地，只有他們兩個人？他為什麼不提議：我們走吧！到安靜的地方去談談。……陳國鑑不是那種人，他甚至不會碰一碰她的手。……她感到焦躁和不安。有什麼事發生呢？發生什麼事，總要比坐在這兒的好……

她坐直了身體，拿起叉子，吃了兩片西瓜。這是音樂茶室，有緋紅的燈光，溫柔的音樂。她該把精神振作起來，掙扎一番。不要想得太多了，一切的事都會變好的。妳不相信嗎？

吳瑪麗、毛雨秋都熱心勸慰過她，但那有什麼用？他再也不來了。她曾寫過信給他，他也寫來回信，幾個字，冷冰冰的。使她失望透了。瑪麗的男友，舉行一個家庭舞會，想把他們兩個再扣在一起。可是，她很早就到了，筆直地坐在那兒，眼睛瞪著門口，希望那高大的身影擠進門，站在她身前，說：陪我跳一隻曲子吧。

他跳不好，甚至於不算是會跳。別的女孩子，都不願和他共舞的。但她不在乎，只要偎依在他身旁，旋律、節拍、舞步又算得什麼？等哪、等哪，她一直沒有跳。絕望了，他沒有來。回家，躺在床上，心像挖了一個洞，用什麼東西塡補呢？毛雨秋說：在舞會上，有一個人一直注意你，你知道嗎？不知道。什麼樣子？禿頂，戴四百度近視眼鏡，叫……

她側轉頭仔細地看他，希望多了解他一點。牙齒很白，很整齊，妳怎會從外形去了解一個男人呢？和大個子在長久的交往裡，在最後的刹那間，會突然不了解他。是不是了解，對妳又有什麼重要？她和他有三次晤談，她什麼都沒講，他對她了解多少呢？

音樂停了，又響了。換了一張唱片，是狂囂的熱門音樂，她的每根神經都繃緊了，煩躁的感覺在她心窩膨脹、膨脹……鄰座的兩個男人耳語、嘻笑，仍不斷地盯著她。額角、頸項滲出汗珠。啊！手心裡全是汗水。眼睛像蒙著一層灰白的霧。不能靜一點嗎？

「你懂得愛情嗎？」她大聲問，希望她的聲音不要被音樂蓋掉。

「噢、噢……愛情？懂的，不大懂。」他吃吃地說，像也緊張起來。

鄰座的男人，也很吃驚了。他和他的同伴，一定也聽到她所說的話。吃驚就讓他們吃驚吧！

「爲什麼你沒有肯定的答覆？」她的左腿疊架在右腿上，壓制著膨脹的不安的情緒：「我要婚後也保持愛情，……他必須容忍、接受……你能嗎？」

「妳，妳不要開……玩笑了。」

她突地笑出聲來。歪著頭問：「你知道我是什麼樣的人？」

「我不知道。」他的額角開始冒汗了。

她忽然想起大個子講話時的語調。

「喂，我對你說，你知道我愛過一個人嗎？眞正地愛。」

「知道。」

「你知道有一個眞正愛我的人嗎？」

「知道。」他從口袋裡摸出白手絹，擦拭臉上和額角的汗水。

「那麼，你想從我這裡得到什麼？」她又想大聲狂笑。但是，她終於忍住了。因爲她看到鄰座的那個男人在對她做鬼臉。是罵她瘋狂？還是讚許她勇敢？她說出眞話，說出心中想說的話。這是一個虛僞的世界，冷酷的世界，誰要說眞話、熱情的話，便要被認爲傻瓜、狂人。

「我想，妳會慢慢改變的。」他把眼鏡除下，用手絹擦著鏡面：「那是過去的事了。過去的事是不值得懷念的……」

什麼？這是瑪麗說的，毛雨秋說的。你眞應該聽從她們的話，接受現實給妳的考驗？他說妳是他最喜歡的女孩，而他現在和跟她差不多高的，性感的女人訂婚了。他又會在她面前說——她是他所見過的女孩當中最喜歡的女孩。而她會倒在他懷中，接受他的親吻、愛撫……。男人的話都不可靠。所有的男人都是一樣的。爲什麼她要對愛情那樣認眞呢？

禿頂，四百度近視眼鏡，潔白的牙齒，拘謹的性格……還有什麼特徵？她想不起來了。爲什麼要對他說那樣大家認爲瘋狂的眞話？她必須裝得很嬌羞，對一切的言語和動作都要矜持。然後人們才說她很高貴，很純潔……天哪！

不能靜一點嗎？陌生的男人一定要看著她嗎？她想回到寢室，躺在床上，一個人靜靜地想。如果瑪麗她們在家，她要問她們，她究竟是說錯了，還是做對了？

她一手揑著皮包，一手撐著桌面站了起來。她說：「我要走了。」

「可是，我們的話，還沒有討論完。」他慌急地戴上眼鏡，跟著站了起來：「而且，妳說過，我們要去看電影的。」

「我頭痛，我要回家。」她冷冷地說：「未來的日子還多著哩！」

「我送你回去好嗎？」

「隨便。」她說著，直向門口衝去。音樂的響聲更狂更鬧了。她對自己說，爲什麼不能靜下來呢？

鴿子與田雞

右邊的一扇木板門咿呀地推開了，一個人挨進來。左宜貞仍伏在靠板壁的方桌旁抽泣，她沒有抬頭，因知道那一定是房東太太，除了何太太外，還有誰會來這屋內。但進來的人像貼定在門旁，沒有走動，也沒有講話，她很詫異。這是誰呢？何太太進門就會叫嚷的啊！

用揉成一團的白底紅花手帕在眼角擦了一陣，然後慢慢舉起頭，剛露出雙目，她又把頭迅急埋進臂彎中。

什麼？是吳道之！又是他，他又在她不願見到他的時候來了。他進來時，還看到她在哭泣，這叫她怎麼能忍受。她是不願在任何人面前示弱的。可是，他已進來了，她該快點趕走他，不能因他來了影響自己的計畫。這時她對何太太不在屋中感到遺憾，不然，只要略對何太太示意，何太太就會很快趕走或騙走他。但何太太什麼時候才能回來。啊——何太太回來時，要帶來另一個人和她談條件，她怎能讓吳道之眼見她談出賣自己的事。

「你……你爲什麼又來了？」她抬頭，目光很快地在他臉上舔過，說：「我早就告訴你，我們再沒有什麼好談的！」

她又看到他那雙眼睛了，那雙又圓又大的眼睛，充滿憐憫和同情。可是，她爲什麼要接受他的憐憫？接受他的同情？她遭受挫折和失敗，是她自己的事，用得著他多管！

「請你趕快離開，」她說，右手揮動一下，補足語氣：「不要再纏著我……」看到他臉上蕩著痛苦的神情，兩條粗黑眉毛不斷簇動，她沒有說完要說的話。

「這樣說是不公平的。」他說，兩隻腳向前移動一些：「妳不能讓我坐下嗎？我是從醫院來的，爲什麼妳提前出院呢？我跑了不少路。」

她彷彿聽得出他急喘的呼吸聲。他的語調也亂了，像是搶著講話，不知道先講那一句才好。

她爲什麼要提前出院，因爲沒有錢哪！而且在那產科醫院裡，處處都有她恥辱和痛苦的影子，她怎能住下去。但這是她自己的事，她不願向他傾訴。她將目光移在門旁一張長方形的高腳竹凳上，那是讓他坐下的意思；她自己也覺得這樣待他是過分了。實際上，他是沒有錯的，錯的是她自己，但她硬要將全部憤恨推卸在他身上。

「你爲什麼要找我？」她把左腿疊在右腿上，雙手緊抱住膝蓋：「你很早就知道，我不喜歡看到你。」

他並沒有坐下，只是向前一步，說：「我已租好兩間房子，讓妳和妳的母親同住……妳不要再留在這兒了。妳不明白嗎？我是如何的……」

「不，不要說下去。」她跳起急搖雙手。右腳尖碰到桌腿，桌子跟著晃動，桌上的熱水瓶搖了搖。她知道他要說如何愛她，如何的關心她、同情她……但她最怕聽到這些字眼。她覺得自己是個最卑賤的女人，已無法接受任何人的愛和關懷。此刻，內心正充滿了恨意——她恨自己，更恨所有的男人。

「現在我仍不要你的幫助，」她說：「連我的母親……」

她無法說下去，淚水脹滿眼眶，鼻腔也阻塞了。彷彿見到遙遠的海洋裡巨浪掀騰著，銀白色的波濤捲向沙灘，傳來悽苦的聲音：「妳要爬高啊，妳要爬高……」

她知道那是母親的語調。但她皺起腦子想，仍想不出自己是爬高了，還是跌落在泥窪裡？

他凝視著她，兩手並齊伸在胸前，手掌上下地搓著：「妳還是固執得像石頭，」他說，顯得很失望：「但我不論在什麼時候，總是願意幫助妳的！」

他慢慢掉轉身，走向門外，有不忍離開或是等待她挽留，隨時可以停止的意思。她默默低頭注視他的影子，從嵌印在門內斜方形的陽光裡移開。她到底趕走他了，趕走那唯一願意幫助她的人。她倚在桌旁瞪著那塊發亮的磚塊地，上眼皮的重量加大，頻頻打抖，似乎再也睜不開。她看見自己家裡的一隻大花貓舔著自己的腳背，母親坐在她身旁抽絲線……腳背痛起來。低下頭，才知道那是房東太太養的一隻老母鴨，正用扁嘴呷著她的右腳背。揚起腳要踢牠，但牠搖擺著船形身體，一面叫著一面得意地走開。

她覺得又回到母親的身旁了，那是在菜園裡。她和母親擎起鋤頭，一下連著一下地掘土。鋤頭擊響埋在地下的石塊，膀臂震得發麻，牙齒一陣痠酥。咬緊牙，牙床間的泥沙吱吱叫。

幫著母親種菜、澆菜、賣菜。別人早晨揹著書包上學，她卻把書包掛在篾籃的硬柄上，沿途賣完兩籃菜，才到學校上課。同學的嘲笑、辱罵都忍受了，因她知道家裡很窮。她沒有父親，如不幫助母親做事，就無法讀中學了。

從半月形的池塘裡，挑著兩大木桶水往菜畦，她的腰彎成蝦形。重擔壓在肩上，便想挑完這擔水絕不再挑；但看到母親羸弱的身體，俯伏在菜畦辛勤工作，她又回到池塘舀滿兩桶水。

池塘內綠色浮萍下，一隻灰色的田雞縱上岸，鼓大眼睛瞪住她，像是憐憫她這樣嬌嫩，還要負那樣的重擔。

拿起竹扁擔，對準田雞打去。她爲什麼要接受牠的憐憫！

田雞咯咯的跳下水，在浮萍下窺視著她，像譏誚她的卑鄙與無能。她僵立在池塘邊，腦中鑽出一串難解的代數公式。母親彷彿又在低聲告訴她：「要爭氣啊，爬高啊……」

一群鴿子擺著翅膀展開羽毛，在她的頭頂低低掠過，斜衝向高空。她眞羨慕牠們的自由和神氣。但她爲什麼不能像鴿子似地滑翔在天空呢？只要有機會，她會那樣的，她想。

機會終於慢慢來了。她已離開學校走進社會，在一家公司裡服務。同事王小姐介紹她認識吳道之。她已長大了。

第一次見面時，對他的印象不大好。他太不修邊幅了，穿一身塗滿油漬的西裝，右袖的白底黑條襯裡冒出袖外一寸多長，要不斷的從前胸伸手進去向上拉，拉好後又很快地滑下來。

她不但覺得好笑，她也看出這華麗飯店的侍者也瞧不起他們。侍者走向他們桌旁時，不是直著膝蓋用腳跟走路嗎，這動作含有多少輕蔑呢？她的同事說他在銀行界服務。在銀行界服務的人，會有如此寒酸相？

他們坐定了，他把一本紅色硬殼的書堆在她的面前。她從沒進過這樣的飯店，不知道那是什麼東西；但她還是打開了，原來是一類一類的菜名。那是要她點菜的。

翻呀翻的，拿不定主意點什麼菜。噢！那是「鴿類」的菜，有這麼多燒法：燉的、炒的、燻的……她的眼睛模糊，頭頂又有鴿子在飛舞。母親在她身邊揮著鋤頭說：「快爬高呀，快爬高呀……」

她用左手小指塗滿紫紅蔻丹的長指甲尖點著菜名，侍者用黃桿鉛筆記在長方形的拍紙簿上，她才看出自己點的是「脆皮乳鴿」。接著他又歪頭問她：「還要吃什麼？」又向下翻去，那是一長串田雞的菜名，她不用考慮就說：「生炒田雞！」她彷彿已抓住在浮萍下窺視她的田雞了。

吃飯時，他介紹她認識臨時走進的汪經理。那是一個很夠氣派的中年人，笑從他的眼角、唇邊飛出來，不斷讚美她，像一下就把她的心擒住了。但吳道之的態度冷冷的，他就很快地離開了。他走後，吳道之告訴她說，汪經理是他的上司，是個很不規矩的「壞人」。她聽完只笑笑，沒有回答。她認爲他口中所說的，並不是他內心所想的。誰又知道他想些什麼呢。

儘管她對他印象不好，他們還是密切來往著。她和他談到她的母親，談到那塊母親靠著生活的菜園。家裡本來是有田地的，但被父親賭光，父親也在賭場被人殺死。她們只能靠鋤頭、水桶和菜籃吃飯了。

聽的人歎著氣，微微點頭說：「爲什麼不把母親接來呢？」

「她不願意離開那生長的土地啊。」

當然，那不是眞的，她還沒有力量養活母親哩。他相信她的話了，他一直都是相信她的。但很快的他就不相信她了。那是在他知道她和汪經理來往之後。那時，她已不在乎他對她的觀感了。汪經理有自己的汽車，還爲她買大衣、高跟鞋、雪亮的鑽石似的項鍊……一切都像夢那麼美，那麼飄浮在天空。一天晚上，夜深了，吳道之敲開門叫醒了她，對她說：「妳知道嗎？汪經理是怎麼樣的一個人？」

「知道的，」她說，用手背揉一揉眼睛，打了一個呵欠：「他是一個男人，像你一樣的男人。」

他走了，走了兩步再回過頭來對她說：「妳會後悔的。」

當時她用冷笑送走他。不久，眞的後悔了，她發現自己有了孕。她慌了、急了，而汪經理卻告訴她，他只是「玩玩」的，一切都不能認眞。他怎能認眞呢，他有太太、孩子、地位……他們是互相情願的啊！

她覺得一下子就跌落在池塘裡，聽到田雞在頭頂咕咕叫。她彷彿看到母親伏在菜園裡，嘴巴癟呀癟的，哭著、訴說著。她的嗓子裡像有塊硬麵包堵塞，鼻尖發痛，決定不告訴她的母親，還裝作毫不在乎似地離開了汪經理。她無法再留在這城市，同事王小姐又介紹她住在何太太的房子裡。肚子慢慢大起來，她守住自己陰黯的屋角，睜大眼睛望著天空灰色的雲，望著陽光下的葉影撫摩著泥地。她像傾聽著噪聒的鳥雀聲，也像注視玩木馬的鄰家小孩。實際上，她什麼都沒有聽到，什麼也沒有看到，只是讓自己的美夢——夢中的鮮花慢慢地枯萎……

吳道之來了，他是從王小姐那裡找到她的。她沒有讓他進門。她站在半開的門當中，肚皮突出在門外問：「你來幹什麼？」

「我是專程來看妳……看妳是不是需要我的幫助。」

突然，她感到一種憤激的、橫逆的、竄動而又超越的情緒衝擊著自己，覺得他是對她的一種侮辱，如果這時他罵她，譏誚她，她還容易忍受。而他卻是這種軟綿綿的態度對付她，她怎麼辦呢？

是啊，她需要幫助。現在她需要的是合法結婚，他會和她結婚嗎？可是，誰知道呢！他眞的答應和她結婚，難保她自己不立刻將唾沫吐在這睜著眼和她結婚的臭男人臉上。

「我需要幫助，」她說：「但不需要像你這樣人的幫助。」

「爲什麼呢？」他睜著又圓又大的眼睛看她，臉上佈滿了困惑。

「你要知道爲什麼嗎？」她氣咻咻地說：「我受夠了，我看透了，所有的男人都爲自己打算。在需要妳的時候，盡說廢話、漂亮話，說到樹、河流，還有詩中的王國；然後……」

眼淚湧滿眼眶，她用力關起門，伏在門背上，淚珠大顆、大顆的滾著。她說不出自己的感覺，是痛快還是悲哀。她從此永遠憎恨男人，永遠看不到他那雙又圓又大，又充滿憐憫神氣的眼睛了。

她平躺著，兩手緊握鐵床的邊緣，汗粒從她的手臂、眉心鑽出。她覺得自己又擔起兩大木桶水，腰彎著喘不過氣來。一陣絞痛，肚裡像煮沸的開水騰滾。她像被誰推著，忽然又像被誰拉回似地在床上簸動，床架格格地響。她的母親癟著嘴哭道：「爬高呀！爬高呀！」許多五顏六色的奇怪花紋在面前旋轉、旋轉……眼角冒著火花，她暈了過去。

一會兒，她盡量喊自己清醒點。在如夢如幻中，她又見到吳道之的面孔了。現在她唯一的願望——假使還有願望的話，就想回到母親的身旁，幫母親澆菜、種菜……太陽落山了，她跟在牽牛的種田人後面，走在纏滿野草的山徑上，彎腰摘起路旁的黃色野菊……突地她的腦袋像被什麼箍緊，大地猛力向她軀體壓下，脊背一陣冷，她又擔起那兩桶水……

「妳要施行手術……」彷彿是從遙遠的地方傳來的聲音，但她心裡知道這是吳道之說的。她想告訴他，叫他不要管她的事，但她說不出；她想要大吼大叫，不知是什麼阻止了她，她也叫不出。她的鼻子用力嗅著，覺得有一種泥土味，那是她最熟悉、最親切的菜園中的泥土……她活著出院了，那可憐的小生命卻被犧牲了。

回到小屋後，何太太卻板起面孔，說她生產所用的錢，都是由她向別人借的。如果她沒有辦法拿出錢來，那就得接受別人的條件。

她向什麼地方去拿錢呢？只要她願意還回到汪經理的身邊，不論多少錢，都會從他手中拿來的，但她無論如何再不要見那張醜惡的面孔了。好吧，談條件吧，橫豎男人都是一樣的！她已是一個最下賤的女人，還有選擇自己命運的權利？所以，她要何太太立刻去找那借錢給她的人，而吳道之突然的跑了來……

吳道之的背影已看不見了。遠處路上的一排黃楊，像送喪時的儀仗隊那樣沒精打采地矗立著。她輕輕關起門，隔壁屋中有自來水流入鉛桶的拉長的霍霍聲。一隻母雞剛生了蛋，像報功似地振著聲帶咯咯地叫。

她又坐在桌旁，伏在手臂上。恍惚間覺得她的母親又在她身畔抽絲線，一面抽著，一面嘮叨著：命哪，志氣啦，爬高啊……絲線愈抽愈快，愈抽愈亂，亂成一團……

門又咿呀地被推開了。她猛地縱起身。她要趕走吳道之。她想，一定又是他回轉了。

啊！不是，伸進門的卻是一個女人的頭，那是何太太。見不是吳道之，她感到很失望。但她不知道爲什麼要失望，難道就是爲了失去罵他一頓的機會？當然不是，如果再見到他，或許就不會再像以前那樣恨他了。

「妳和他談好了？」何太太喘著氣問。

「和誰？」

「就是借錢給我們的吳先生哪！」何太太拍響手掌，說：「我在路上碰到他，他的臉色很不好看，一定是生氣了……」

她沒有聽下去，又看到亂成一團的絲線，她母親抽不完。又是他，她想。何太太也許是從王小姐那裡認識了他，但他爲什麼要借錢給她呢？難道眞的是爲了愛？

「愛！」她內心冷笑著對自己說：「那是神話裡的故事，人世間是不會有的。」

「妳告訴我啊，」何太太走近她，拍著她的右肩，說：「他到底怎麼說？他要我問妳哩！」

她愣了一下，把手臂上的橙黃色毛衣的兩隻長袖，更向臂彎抹了抹。她怎能把剛才的談話告訴她。

「他要我慢慢還他，」她停頓一下，聽到她房內小鬧鐘的滴答聲，鄰居周大媽捏著嗓子高聲叫：「小鳳啊！回來啊！」她接著說：「現在他不急……」

「噢！他眞是一個好人哩！」何太太慨嘆地說：「什麼，妳還流著眼淚？妳自己預備怎麼辦？」

她覺得應該趕走何太太，不能再忍受她的擾攘了。但她還是耐著性子低聲說：「我明天回家……」

她反身把自己摔倒在床上，伏在枕上嗚咽地哭起來。

等

潘宜娟轉動亮滑的鋁質傘柄，時間從飛旋的榴紅傘邊緣掠過。目光盯住菱形的標準鐘架，分針一步步向前游移，一分、二分……五分，已十一點半。典禮還沒結束，她必須耐性等待。

妹妹宜妮說：「如妳一定不參加我的畢業典禮，就在那棵梧桐樹下等我。還記得那棵樹嗎？」

記得。她在這校園裡跑過、跳過，生命中最堅實的部份是在這兒度過。在這兒生活起居了三年，認清每株花木，嗅遍每塊草坪，怎會忘記象徵學生精神的那株梧桐。

站在又高又直的樹下，失落的那些情景全回來了。圖書館裡寂靜的書卷氣，飯廳裡饕餮擾攘的菜餚香；還有宿舍中的「無所不談」，教室裡的會心微笑，都像是昨天發生的事；但絞開記憶的霧網，已是十年前的陳跡了。

乳黃色小花瓣，從樹梢飄落，貼印傘面，有如天然圖案。但她不讓凋殘的瓣葉佇足，一片片被旋入柔嫩的草叢；再用白色鞋尖蹴踢、搓揉，像勻拌過去的、未來的那些無數個日子。

右邊的水泥通道上，男女同學來來往往嘻笑地說著、走著；還側轉臉似用訝異的目光問：「妳爲何不在寬大的走廊、蓊鬱的樹蔭下休息，要站在沒有庇護力量的樹幹旁受煎熬？」

行人只是不經意的匆匆一瞥，無法答辯。即使有足夠的時間，也難以把道理說清楚。妹妹同樣不諒解她這畏怯行爲。

宜妮說：「姊姊不參加我的畢業典禮，我將『非常、非常』難過，妳爲什麼不參加呢？」

有若干理由可以解釋：工作忙，不能請長時間的假，禮堂內人兒多，空氣悶，精神支持不住；怕熟人，怕熱鬧場面，怕觸景生情……她都沒說出口，只是說：「妳已大學畢業；還能像幼稚園的小學生，要家長攙著手兒上禮堂？」

「不。我要把妳介紹給同學，讓大家認識妳。」

姊姊有點氣惱：「我不想認識別人，也不希望別人認識我。」

「那是我的意思。」宜妮急著分辯：「我以有妳這樣的姊姊爲榮，同時讓大家了解妳的犧牲……」

淚水在眼眶內汪洋。宜妮眞的長大了，教育、經驗和歲月使妹妹成熟而又明理，她的犧牲算是沒有白費——是犧牲還是責任？任何人處境和妳相同，都會如此做。父親得了肝癌，家中值錢的衣物賣光當盡，還負了很多債，也沒把父親的生命贖回。接著母親也因受不住打擊追隨父親而去。

悲哀、呼天搶地狂號，不能挽救殘酷的鐵般事實。妳是長姊，就有責任照顧比妳小十歲的妹妹。還有一年就完成學業了；但爲了妹妹，不得不放棄大學生活。

誰都說沒有閃亮的文憑，無法覓得理想的職業。好吧，爲了愛護妹妹，創造妹妹前途，工友也得幹。

實際上剛進入那金融機構，就是頂的工友缺。雖沒做倒茶、掃地的事，但得捧著卷宗逡巡在辦公桌之間。忙裡偷閒，抓住一疊鈔票，展開如象牙扇，合起像塊磚頭，在手裡搧啊，敲啊，數啊……無數個歲月在展放疊合當中悄悄流散。她沿著辛勤、忠誠的階梯，一步步升爲正式職員。而原來烏黑亮滑的髮絲失去光澤，從髮根裡拔出一截銀線來，愣愣地擎在圓鏡和鼻尖間，悼念逝去的韶光和年華，以及永遠無法兌現的理想。

宜妮說的犧牲，就是指的這些？

「不，這沒有什麼。」姊姊忍住淚滴，調整顫慄的聲帶：「我們自家的事，不必讓等旁人知道。」

「已有不少同學知道了，大家要見見妳這個人。」

宜妮荒唐得有點可笑，怎能把姊姊當宣傳品去展覽。她忿懣地大叫：「我誰都不要見，願意在梧桐樹下等妳。」

等吧，鐘架的分針又移前一格，是十一點三十五分。薄如蟬翼的尼龍傘，擋不住遍佈的熱火；一隻彩蝶，鼓動雙翼，在暖氣蒸騰的草叢間測量高溫。氣流似乎靜止了，呼吸欠暢；乍然有被吊在樹上的感覺，手和腳抓不住，踢不到一點實在的東西——趕快吧！誰來解救她？當然是宜妮。宜妮爲什麼還不來？

此刻應該是戴著方帽子，穿起禮服，大踏步上前領獎的時候——她是品學兼優的好學生，獲得不少獎學金和老師的讚譽，妳也以有這樣的妹妹爲榮。

潘宜娟的目光，從將成直角的時針上移開，眼瞼頻頻眨動，以有這樣妹妹爲羞的年代早已遠颺。宜妮在初中二年級時，開始不好好讀書。學校經常有通知給她這個家長。不是學業成績很多科不及格，就是侮慢師長或和同學吵架。最使她難過的是，宜妮不去學校也不回家。氣惱加上焦急，到處尋覓，仍不見蹤影。爸爸媽媽彌留時，都再三叮嚀、囑託，要她好好看管妹妹。結果如此，怎能向死去的父母交待。

三天後才從宜妮的同學家中找到了她，但仍賴在那兒不願回家。可以說說理由嗎？

當然可以。

「姊姊管得太多了。不是說我頭髮太長，就是指我衣服式樣太怪。一會兒說我的話太多，一會兒又嫌笑的聲音太大。書念不好，走路的姿態不好，吃飯的動作也不文雅……這樣百無是處，我在家裡還有什麼意思。」

「不錯，姊姊的話碎了點；但妳應該知道『愛之深，責之切』，姊姊完全是爲妳設想，希望妳有前途：有學業、有事業……」

「妳才不是爲我設想哩，完全是爲妳自己。」

「胡說，妳怎麼可以這樣侮辱姊姊。」

「事實就是這樣嘛。」妹妹環起右腿，用左腿打圓圈，紫花蓬裙跟著滴溜溜轉。

「因爲妳供我吃，供我穿，供我讀書費用；所以妳就想要從我身上獲得報酬，擺起一副拖捨者的面孔，教訓我，指責我，管束我，我受不了……」

「那妳怎麼辦？」

「我要工作。我要養活自己，不依靠別人。」

耐著性子，聽宜妮勾勒未來的前程。她要請同學介紹工作。同學在一家晚報服務——她們年齡、學歷、經驗都差不多；別人能做，她爲什麼就不能。

「可是，靠位卑言輕的同學推薦，別人會相信、會接受？」

「妳的話有道理，同學也辭職不幹了；但我可以另外想辦法找工作賺錢，就是不讀書，不受妳的氣！」

用無數的好話解釋、比喻。姊姊是爲了責任才對她嚕嗦，而不是由於掌握經濟實權。即或是妹妹能在工作中賺很多錢，如行爲放蕩，姊姊爲了責任，還是要管教她，約束她，這道理還不懂？

妹妹終於懂了，或是裝著懂了。又背起書包，唸英文生字，畫幾何圖形……宜妮的稟賦不差，能節節通過考試的大關，順利的踏上大學之道，還用優異的成績走出大門；只是辛苦了在烈日下受烤炙的姊姊。

從白色皮包裡，抽出疊成四方的藍花綢手絹，敷印面龐上的汗漬。

天空有一小片茶褐色的雲滑過紅日，眼前呈顯憂鬱的灰；僅停留一會兒，又恢復那刺眼的綠。

綠色熱浪擊昏了她，看不清鐘架上的指針和通道上的行人。那臂膀圈著厚厚一疊書，傍著男生走的是宜妮？不，宜妮沒有那樣高。那穿洋裝、頭髮梳得很蓬大，挽著女同學邊談邊笑的像宜妮；綠傘張在地面，半躺在樹蔭下休息的也像宜妮……

不，宜妮正在禮堂中舉行畢業典禮；她眼前所見的都是比她年級低的同學——不，正是十多年前的自己。她剛進這校門，是平底鞋，白衣黑裙，清湯掛麵的頭髮；自己也不覺得，一下子就變成像在通道上來往的那些女同學：打扮得時髦，頭昂得很高，脖頸挺得很直，認爲一腳可以踢翻整個地球，一舉手便可以使所有男孩子臣伏在自己面前，接受指揮、差遣。

時光使她認清自己僅是一個平平凡凡的女人，只能在梧桐樹下默察男女同學吸食青春之泉；耐性等待學業完成的妹妹回到自己身旁，傾洩多年的積愫。

然而，她眞能把埋藏心底的幽怨告訴宜妮？因爲妳不懂，或是說懂事太早，才連累到姊姊今日不敢進禮堂，去看那大場面以及那許多熟悉的面孔。

也許宜妮早忘記在成長中發生在自己身上的事了。十八歲，還未脫稚氣，但宜妮硬充大人，塗脂抹粉，穿緊身衣裙，跑舞廳，泡咖啡館，和穿花襯衫，頭髮長得像女孩似的男孩子混在一起。這比不肯唸書的初中時代嚴重多了；學校裡已不收容她這個不守校規的潘宜妮。

這對宜妮來說，似乎解除了所有羈絆的繩索。世界上沒有一根草，一片樹葉阻撓她、攔截她；她顯得更自由、更放浪。

姊姊見不到她，教訓的言語當然無法敲進耳內。她們似乎在捉迷藏。下班了，屋裡空空的；深夜才悄悄打開門鎖潛入自己房間。她上班了，宜妮仍賴在床上蒙頭酣睡，不理睬叫喚。

孩童式的遊戲必須阻止。她捧著一本書陪伴長夜，靜候在門旁，終於捉住逃避不見面的宜妮。

僿姊姊百般譴責，只低頭緊捏裙角搓揉。什麼學業啦，前途啦，人們的流言蜚語啦，宜妮都不重視。小小年紀，一切看穿了，不在乎，還有什麼好談的。

為什麼會有如此想法？宜妮的理由很簡單，因為太寂寞。

姊姊感到怒火無法遏止：「成天胡鬧，就不感到寂寞了！」

「當時覺得很熱鬧，很有趣；但過後想想，便感到更寂寞。」

「那妳還喜歡胡鬧？」

「誰喜歡啊？」宜妮噘起嘴唇，連連噓唾沫：「我是為了報復——」

「報復誰？」

那時宜妮極像寒冬的蟄蟲，用石頭都砸不出聲息來。左勸右逼，才曲折地抽繹出她的想法：因為姊姊經常和陌生男人交往冷落了她，使她感到家中沒有溫暖，才貿然離開家，背叛了姊姊。

天哪，怎會是陌生的男人？那是早她一屆的同學杜健河。他們在校內相見了，有時點點頭，笑笑，算是打招呼。直到參加一個慶祝大會，杜健河被選作主席，她被主席指定為司儀；把原來感情距離隔得很遠的他們，一下子拉得很近。會散了，他們卻常聚在一起談天，研討問題；有時手挽著手在樹蔭遮天的大道上散步。慢慢活動的範圍擴大，山巔、水畔，以及各種娛樂場合都印上他們的足跡。她經歷家庭災難離開學校，他們的交往便霍地斷絕。

她默默數著流竄的日子，一年、兩年……五年過去了，沒見著他的人，也聽不到他的音訊。她想，杜健河的境況也許會比她更壞。可能是病了，或是遭遇瘋狂的車禍、火災、地震……等等不幸，喪失了生命。抓起報紙，目光總是下意識地飄向那下半截加黑框的廣告，希望在那些框框裡發現杜健河的名字——當然，更細心察看用一連串套紅的「喜」字圍繞著的鉛體字中，有沒有杜健河在內。

她對自己腦中，同時出現兩種極端不同的概念，感到非常驚訝。杜健河沒傷害過她，爲什麼希望（或者說是想像）他死亡和結婚——這更是不可思議。杜健河和別人結婚，又能滿足她哪一部份報復性的快意？

偶然間——不能說是偶然，該說是故意。因爲她常常要去體驗那逝去的情調，在黃昏、假日，便獨自徜徉在往昔和杜健河遊憩之地。果然在林蔭大道上，邂逅了他。

互探近況。她比以往進步些，已正式升爲職員；然而杜健河服役後出了洋，讀個博士回國；現時在母校是最年輕的副教授。

有羨慕、妒忌、慚愧……等各種複雜情緒，在胸腹間翻滾、沸騰。自責爲何要見他？現時徒增一些心酸或無謂的煩惱。

杜健河聳肩攤手，露出四顆大門牙：「我寫信給妳，妳怎不回信？」還追問多少年前往事？當時父母雙亡，心情惡劣，既不能讀書，更沒有職業，哪有閒情逸興寫信。如果他是個好同學、好朋友，就該來關懷她、慰問她，為她設法解決一切困難。預料他會接二連三的寫信或是來看她，誰知他像斷了線的風箏，杳無蹤影，今天還把失去連絡的責任推給她。諒係他獲悉她職務低下，怕降低身分和地位，故意拋開她。

她立刻開始還擊：「我為什麼要回信？你怎麼先不來看我？」

杜健河滿臉囍態致歉。並邀她同坐郊區勝地供遊覽的馬車。拒絕再拒絕；終於勉強答應。

第三天赴約。坐於古老的方篷馬車，聽蹄聲得得，水聲霍霍。窗旁偶有荏弱的柳條掠過，伸手攫一片綠油油嫩葉，用指甲掐綠汁，撕筋絡；但恁地都撈不回消逝的青春歲月和往日的歡樂情景。

杜健河長聲感嘆：「妳為什麼不復學？」

「我要照顧妹妹。」

「妹妹是妳生活的全部？」

「除了妹妹以外又有誰？」

靜默之後在他們中間纏繞厚而密的網，她感到窒息和不寧。脈搏似乎和腕錶聲、馬蹄聲呼應，譜成一闋協奏曲。

停了很久，杜健河又問：「妳爲什麼不結婚？」

猛然吃驚。是說結婚了，就有力量照顧妹妹；還是指她擔心妹妹前途而忽略了本身的幸福？

在疏隔長時間之後，突地提這類問題，難以回答，只好反問：「你呢？」

他愣了一下，濃眉連連剪動：「我在等妳啊！」

耳中嗡嗡聲長鳴，兩隻指尖緊揑耳殼良久，放開手才聽到雲雀歡呼。車僮輕聲唱著，用皮鞭敲擊馬臀；而她的心尖卻猛撞肋骨——他算是開玩笑，還算是求婚，這問題很嚴肅，不該用如此態度處理。

她冷冷地說：「我是終身不嫁的。」

「那麼，我就終身不娶！」

對他了解不透徹，未便深談。她要用較長的時間去認識他、觀察他。風景勝地和娛樂處所，都變作考量他品德和愛心的試場。和杜健河玩在一起的時間多了，宜妮就嫌寂寞，覺得被冷落，便對姊姊報復，難道要姊姊陪她一輩子？

等

她咬緊牙根答應宜妮，不跟任何陌生男人來往；但要求妹妹循規蹈矩的做人做事。

宜妮欣然同意，並願意努力讀書，考取理想的大學，使姊姊高興。

這交換的條件太苛，也沒有道理，而她付出的犧牲更大——許是她甘願接受這束縛。她服務的機關，有一項不成文的慣例，女性職員結婚，無婚假、分娩假，逼得非辭職不可。她的不少同事和上司，都是穿戴頂華麗的老處女。她還年輕，放棄一個杜健河不算什麼；還可贏得宜妮向上的心以及對姊姊的敬愛，虧損並不太多。

好吧，杜健河的邀約都遭拒絕；任何應酬均藉故不參加，集中所有餘暇，督促妹妹複習功課，宜妮眞的把頭腦和眼睛全用在書本上，一年過後，考取第一志願的學校科系。此刻挺直膝蓋上台領獎，還想到梧桐樹旁的姊姊，是扮演如何悲劇的角色？

今天是妹妹大喜的日子，學業完成，又脫離孩子氣的生活；當然不能對她算舊帳，該談談今天或是未來快樂的事情和計劃；她們要大大慶祝一番作爲紀念。

妹妹說過要拍照紀念，一定要她在梧桐樹下等。差五分就十二點了，將等到何時？跟她們照相的是攝影師，還是杜健河？姓杜的是國際攝影沙龍的會員，剪輯、構圖的技術都很高，今天是他表演的最好時機——不，她不願見杜健河，更不願接受照相。

側轉身，目光落在標準鐘前面的半月形水池。一隻石雕的鯉魚，撇著尾巴，仰首作騰躍狀。但永遠被鎔固在假山上，只是用嘴噴出無數道亮藍的銀線射向高空，再化成玉珠飄落在池中。

月池的弓背處，坐著一個年輕女郎，面向一架照相機凝神攝影。抓著照相機的是杜健河，那女孩子彷彿是宜妮。

她對自己神經過敏感到好笑；今天看到許多形體相似的男人、女人，全是自己想得太多太遠的緣故。很久不想有關杜健河的一切了，但宜妮的嘴裡總是離不開他。

宜妮一定不十分明白，姊姊是如何的厭惡杜健河。姓杜的說過非她不娶，但僅在拒絕邀請之後的一個月，就和別的女孩子結婚了。世上有很多沒經過戀愛的婚姻，大多數人願意接受那個無形網的羈束，老死在那網內。杜健河既貿然決定選走那條路，怎會中途改變，結婚三個月之後又離婚。

確是怪宜妮多事。她早已對姓杜的一切不聞不問了，而宜妮偏偏選了他的課；談他講課的內容、見解和對人生的看法。她有時喜歡聽妹妹談到他，有時討厭妹妹提杜健河的姓名。這矛盾心情，宜妮一定無法了解；她也捉摸不透自己怎會如此的軟弱和無定見。

不錯，她恨杜健河，接著恨所有男人，慢慢地更恨自己不善於處理情感生活。不管是對宜妮，對姓杜的或是其他更多的男人，她都處理得一團糟，所以此刻只能躲在梧桐樹下，遙對這肅穆莊嚴的禮堂。

握在掌心的綢手絹已濡濕成一團，用手指捏起擦拭臂膀的汗液後，再塞進皮包的小袋內。

榴紅傘慢慢旋動，薄薄的花瓣跌落四週，像禮堂內迸散的人群。彷彿只是一轉瞬，從禮堂大小不同的門跳出的人，已瀰漫在整個校園。有坐著的、站著的、走著的，三三兩兩，說說笑笑，嘻嘻哈哈。很多照相機出現了，一團團、一簇簇，擺出各種姿態：高興的、得意的面容，寫明她們內心的欣慰和喜悅之情。

一個戴著方帽子的高大的男孩子，緊緊依偎著五十多歲的母親走了一段路，站在椰子樹旁讓另一位同學拍照。那母親身上的灰色衫褲，已洗得發白；但笑得合不攏嘴。那是否正包含著一則辛酸故事：年輕的孀婦，靠洗衣、縫紉維持兒子讀書費用；今天兒子恭順地親熱地擁在身旁，一切的辛勤、勞苦似都獲得補償。

是的，她早想到有這一天。兩個禮拜前便在時裝店裁製了一件銀灰色旗袍，全身閃著亮亮的銀線，和妹妹為畢業訂做的水紅洋裝配合；走在一起或是並排站著照相，那該非常相稱。當她坐在禮堂內「家長席」上，聆聽戴八百度近視眼鏡的禿頂校長致詞：「你們今天不是畢業，而是眞正的開始，英文中的『畢業』是……」

四面八方擠塞著掌聲，大家是為她鼓掌——聽訓話的是她，戴著學士帽上前領獎的是她。她十年前就該獲得這份成就和榮譽，遲到今天才實現——參加畢業典禮的不是妹妹，而是她自己。她身上的血，身上的肉塑成今日的宜妮，形體和靈魂都與妹妹分不開，所以妹妹定要她參加畢業典禮。

感到奇怪不?十多年來，晝夜盼望這一天早點到來，好抒發胸中蘊藏的那股祕密慾望；此刻眞的來臨了，而她卻呆立在梧桐樹下甘受烈日煎熬、烤炙，到底是爲了什麼？

時針和分針已重疊在一起。隱約聽到自家客廳所掛古老的壁鐘，悠揚地一聲聲慢慢敲擊。感到十二分疲倦，全身癱瘓在床上，雙目漸漸沉重合攏，睡意淹沒了她，忽聽有人喚：潘宜娟，起來，去吧。但她自己覺得病了，無法移動肢體，病床旁硬領高冠的護士，也用眼色和手勢阻止她行動。她問怎麼去法?騎白馬。可是不會騎馬，不會騎馬坐汽車。好吧，我們坐馬車，馬嘶喊著奔馳，車輪骨轆轆轉動，車速很快。抬起頭，見馬背上騎著一位英俊的王子，手執長矛，回頭對她微笑。她又高興，又羞澀，猛見馬車已駛入大海。她矍然驚問去那裡，王子說往幸福之谷，飲生命之泉。突然發現王子是杜健河，她用力猛吼不去，但話未喊出口，車已墜入海底，馬頸上的銅鈴猶噹噹作響……

從夢中驚醒，十二響古老的鐘聲仍敲最後兩記。全身被汗浸濕，輾轉反側，再也無法入眠；在淩亂的思緒中，抽出最堅固的決定：不穿新衣，不參加妹妹畢業典禮，不見宜妮的所有同學，包括杜健河在內。

看到了，宜妮在一簇人的前面慢慢走來，緊挨在宜妮身旁的是杜健河，彷彿聽到她和她們正談著姊姊……耳中又有嗡嗡的長鳴，像汽車馬達故障，像一列火車在鋼軌上衝撞；更像噴射機群在低空叫嘯，悶塞而又暈眩。她體質太弱，耐不住這酷暑，該找個蔭涼地方休息，她想。

倏地旋轉身，衝向南北來往的通道，插進熙攘的人群。榴紅傘平擱在肩上，遮住身後妹妹的視線，妹妹才走到鐘架旁，許是沒看到她——妹妹想不到她會臨時逃避。現在得趕回辦公室，下班以後再向宜妮致歉；慢慢分享宜妮那份快樂和得意吧。

缺席婚禮

金紋梅坐在長方桌旁，面對左手抓緊的橢圓鏡，慢慢地一下連著一下，用粉撲塗抹面頰。粉太厚了，用勁擦掉，再敷一層……彷彿在做一種實驗式的遊戲。

這動作沒有絲毫意義，僅是爲了細心傾聽母親和客人的爭論。她爲自己關心客廳中鬧轟轟的談話，大感驚訝。母親向六個年輕小夥子爭豬腳和麵線。這是迎娶的婚禮。母親爲她這新娘爭面子，而新娘卻根本不在乎這些虛僞的表面。

她把粉撲放進粉盒，蘸些粉末，在額角摩娑盤旋。但母親的話句像箭簇，直射進腦門。

「我爲什麼要跟你們說，你們算什麼？」

帶著童腔的男嗓音：「我們代表新郎，能做一切的主。」

母親的話斬釘截鐵：「去，去。我不相信你們！」

另一個破嗓門插進去：「您說出來試試瞧；我們都是他的同學……」

「同學有什麼了不起，都是些毛孩子！」

「不要瞧不起人，」聽到跳腳和拍口袋的聲音：「我們袋裡有的是錢！」

「………」

客廳中七嘴八舌，擾攘成一團。嘰嘰喳喳，咕嚕哼哈……根本聽不出說話的字眼。她爲母親跟這些迎親的男儐相爭鬧感到不安。這有什麼好爭的，豬腳三十六隻和十八隻有什麼不同，一百斤麵線和十斤麵線的差別到底在哪裡。她眞想打開房門，衝著母親說：「媽，不要爭了；我們任何禮物都不該要，也不該收——」

思念在半空打個結，突然想到母親追問理由，怎樣回答。此刻能洩漏心中祕密？側轉臉龐，看桌角的座鐘，才三點〇五分。不能性急，一切慢慢來，現在還是讓他們放開喉嚨去爭。母親不輕易接受別人意見，在這緊要關頭，諒也不會改變老脾氣：愛面子，不顧實際。女兒出嫁了，要那些禮物，能補償情感或是心靈上的空虛？能爲了短缺豬腳、麵線，中止婚禮的舉行？

客廳中男客們鬧嚷紛紛：「這點禮物算什麼。我要替孫英基作主，大家同意不同意？」

「同意。」

「我們平均攤派！」

「……………」

腳步聲踢踢拖拖，進進出出。嘰喳嘟噥聲在院角沸騰，似在集聚錢鈔。她伸長頸子，從窗簾的間隙向外看去，果然有五六個人圍成一堆，掏皮包的、翻口袋的、手裡擎著鈔票一張張數的……

金紋梅嘆口氣，又恢復原來姿勢，對自己的面龐，作特意的修飾。她能衝出去對他們講，回去吧。沒人授權你們，何必多事！新郎不重視我這新娘，在國外作逍遙遊；你們急什麼。

內心有很大的不自在。此刻的孫英基身在何處？眞的像他信上所說，請一些朋友同學去教堂，舉行缺席的結婚儀式？

是不是舉行儀式，對她來說毫不重要——重要的時刻已像濃霧般慢慢被晨曦剪破、蝕盡，沒留下絲毫痕跡，腦中僅有片片鱗爪……

孫英基的兩手伸入鐵灰色風衣口袋，輕鬆愜意地踏進機場入口處；但她忘記把手中的大花環套在他頸上。

「你回來啊，來啊！」她在鼎沸的人潮中揚聲高呼，微弱的聲息，旋即被喧嚷聲淹沒。

站在她身伴的陸華明，振臂大呼：「孫英基，孫英基……」喊到第五聲，孫英基才扭轉身來看他們。她把花環高舉在半空搖晃。遠遊的人迅速走回，俯身接受敬意和祝福。然後重重拍陸華明的肩膀：「謝謝你！請你多多照顧小梅──」未說完又蹔轉身，緊握她的右手：「多寫信。有困難，找小陸。」匆匆忙忙地踏入機坪，爬上飛機。彷彿稍停片刻，就會被人們挽留，或是搭不上班機似的。

她凝神數著他遙遠的步伐，在他踏抵機門的階梯時，以為他會回轉身來向他們搖手致意；她預先把又白又大的手絹，用手指尖捏緊，做準備動作。但失望了，孫英基已被龐大的機艙吞沒。

怪他、惱他、恨他，有什麼用。只有為他找出理由解釋：階梯的後面，仍有絡繹的乘客爬登，不容他停步。許是他認為彼此間的距離太遠，分不清眉目、神情，何必多此一舉。

陸華明看出她的失望，輕輕用肘尖觸她：「我們回去吧！」

「我要眼看他飛去。」

「可是，妳看不到他啊。」

機場上的人很多，都嘻哈鬧嚷地瞪著那龐大的機體，沒有一個有離散的意思，爲什麼她要先走開。

焦急，盼望，終於在一陣隆隆響聲後，飛機滑上跑道，騰躍升空，呼嘯而去。內心像被別人挖掉一塊似的，隨即被空虛塞滿。腦海、耳鼓內充滿噴射機衝撞氣流的嘶嘶聲，聽不到身旁陸華明的嘮叨、呼喚。直到用胳膊圍繞在她腰際，拉她向外走時，才意識到自己佇立機坪，沒有凌風而去。

陸華明歪著頭問：「現在去哪裡？」

「回家。」

「那樣妳會難過，太單調。」陸華明用強硬性的口吻建議：「我們先去吃飯、然後送妳回家。」

他是「受人之託，忠人之事」，以保護人自居，才有這樣口吻？看情形，無法拒絕。天天和孫英基玩在一起的，突然被摔在一旁，這孤零零的味道，一定不好受；跟陸華明在一起，等於使用一種麻醉劑——沒有思索完，便跨上由陸華明打開的計程車門，駛離失落歡樂的機場，上演戲劇性的生活第一幕。

金紋梅把橢圓鏡摔在長方桌上，站起身，檢視自己的結婚禮服。上下看遍了，覺得滿意，又坐回原來的位置，枯心等待。

她詛咒這半新半舊，不新不舊的婚禮。是怪自己母親，還是怪孫家，或是牽涉到陸華明，才作如此的決定？男儐相們來接她去新娘的臨時休息室，那兒有六個女儐相在等待她、陪伴她。

母親絲毫不感到奇怪。新郎缺席了——坐上飛機一直沒有回來，寄來花花綠綠的航空信封，母親的眼睛看花了。女婿只要在美國，有大把美鈔寄回，人不在女兒身旁，當然不重要。重要的是婚禮場面很闊氣，送來的禮物很豐富。難道把女兒看作貨物？吃虧的該不是女兒，而是母親自己。

她禁不住要想像那新郎缺席的婚禮場面，到底會怎樣演出。男女儐相有六對，前呼後擁，煞是奇觀；而她怕沒人參觀這婚禮，還邀請了六十個男女同學做招待。他們或是她們，對流行的結婚儀式許是不感興趣；但有了招待的任務，定會來捧場，看兩個女人舉行婚禮。

孫英基的妹妹，曾見過好多次；但代理哥哥踏著結婚進行曲的模樣，卻怎樣也描摹不出。是穿男裝，還是著女裝？洋裝、旗袍，還是也穿白色結婚禮服？

兩個新娘舉行結婚儀式，簡直是不可思議。孫英基想得出，母親居然會同意。

胸中的怒火又升起來了。母親既固執，又不尊重成年的女兒意見，一味獨斷孤行。

這次就讓母親嘗一嘗丟臉的滋味……

金紋梅霍地立起身，打開房門，輕盈地走進客廳；從橫豎顚倒裝禮物的木盤行列中，重重地踏著高跟鞋，響聲使屋內的客人大大驚訝。

第一個表示駭異的是母親：「紋梅，妳先進去，等一下，休息一會兒。」

「我要和他們說幾句話。」

母親微微頓著足跟：「這是什麼時候，什麼日子啊！」又用命令口吻對她說：「我會處理的，妳先回去！」

她還沒來得及回答，兩個做粗活的男人，已抬著一堆長方形木盤，哼哼唔唔停在院中，後面跟著的是兩個掛紅綵帶的男儐相，匆忙地跟進客廳。

腦袋上有疤痕的人說：「禮物全了，老太太，該滿意了吧？」

戴近視眼鏡的人又追問一句：「您要不要過秤，要不要點點數？」

母親似乎受不了這作弄，微慍地回答：「不必了。人在這兒，你們帶去吧！」

女兒臉龐上的血管、筋絡，溢滿了熱血。簡直像是拿豬腳和麵線，來交換她這個人；看起來，她這個人的價值，遠不如那些禮物。

金紋梅憋住滿腔委屈：「媽，我跟他們去。您呢？」

「我認得路，我知道地方，我自己會去！」

這婚姻是母親作主的；舉行這樣的「缺席婚禮」儀式，也是母親爲了遷就有前途的女婿，才任性答應的。此刻，僅爲了和男儐相們爭吵幾盒禮物，要使性賭氣，放棄主婚人的權利。

女兒忙接著說：「我也等一會兒去，讓他們先走——」

男儐相們大吼：「那怎麼行！」

「我們不能空車回去！」

「還要什麼條件，說出來，快！」

「…………」

母親似也被七嘴八舌鬧昏了，惶惑地望著女兒：「爲什麼？」

「我要去找一個人——」

男聲：「說出姓名地址，我們去找！」

「這寶貴的時刻，還要找什麼人！」

「我們陪她一道去——」

「…………」

母親側轉臉龐低聲問：「找誰？」

「陸華明。」

「是他？」母親畫得細長的眉毛剪了剪，是既蔑視，又討厭的神情。「這時候找他幹嘛？」

「我要交給他一個任務。」

「妳的招待還不夠多？」

「不是招待。」

「是儐相？」

金紋梅逡視屋中穿得筆挺的儐相們，年齡、高矮、長相雖都不一樣，但卻具備同一特點，沒有特出的個性，可以參加任何人的婚禮，做任何人的儐相。陸華明就是和他們不同，一舉手，一投足，都代表著男性的尊嚴，智慧的結晶……

許是自己的偏見。陸華明代理孫英基照顧她，體貼、小心，處處爲她設想，所以她就認爲陸華明和別人不同。從機場向回走的路上，計程車的速度彷彿和噴射客機一樣快。她意識中，一直以爲坐在身旁的是孫英基。街道，偉大的建築物，閃亮的霓虹燈……沒在腦膜留下一絲痕跡。直到打開車門，陸華明要她下車時，才倏地甦醒過來。

她倉皇地問：「這兒是什麼地方？」

「一家小飯店，隨便吃點什麼。」

「噢──」她這才想起自己答應陸華明吃飯，最起碼算是沒有拒絕邀請。此刻感到有點不合適，但一切已嫌太晚。

這是一家精緻的小餐室，中西餐兼備。菜牌拿來時，陸華明把西餐的一面，攤在她面前；她信手一翻，全是些蒸、炒、煎、炸的中菜名。

陸華明提醒她：「妳應該點西餐。」

「為什麼？」

「最好先養成習慣，」他笑了笑：「然後，然後……」

為什麼支吾著不說下去？從語意中可以猜想得到，是在暗示她，馬上就要跟隨孫英基去過吃奶油麵包、豬排、牛排的生活，現在正是實習的時期。

但她沒有接受暗示，點了道地的中國菜，抓的是筷子、湯匙，而不是刀叉。

在無數的交往酬酢中，陸華明總把她當作孫英基的未婚妻，或是姓孫的什麼附屬品一類的人物看待。常常用話語探測、譏諷，她都裝著沒有聽懂。直到孫英基向她提出「缺席結婚」的要求時，陸華明才正式問她：「妳答應了，是不是？」

「你認為我該答應？」

「當然。」

「人在兩地，可以結婚？」她想想又加了一句：「那樣，結婚了會幸福？」

當時，他們同坐在一家咖啡室的卡座上，陸華明的指尖，揑著小銅匙，在厚重的把杯裡畫弧形，思索了又思索，才硬硬地吐出了幾個字：「要看妳的目的怎樣？」

「這和目的有什麼關係？」

「如果妳要出國——」

「這樣糊糊塗塗結婚，就可以達到目的？」

「當然，」陸華明用小銅匙輕敲杯沿。「那麼，妳就是孫英基的親屬，可以根據移民法申請……」

她心底狂喊，不幹，不幹。要依賴著別人，像根蔦蘿似地纏住樹枝向上爬，絕對不幹。

胸中祕密，不能洩漏；忍住滿腔抑鬱之氣，低聲問：「你是代表誰說話？是爲出國的人作說客，還是你自己的想法？」

「是我自己。」

「你希望我留在國內，還是出去。」

「當然，當然希望妳留下。」

「理由呢？」

「爲了妳，也爲了我。」陸華明突然把矜持的態度，從臉上抹下，熱情而認眞地訴說對她的敬佩和愛慕。他從那次化裝舞會見面時起，就暗戀著她；但為了礙著同學孫英基的情面，只好嚥下那段感情。誰料有那樣笨蛋，竟會拋棄甜蜜的果實，追求那虛枉的名義。所以他不再煎熬自己的那股熱情，要顯現自己本來面目。

她內心暗自竊笑：「你預備怎麼辦？」

「我要正式地向妳求婚！」

「可是，你的同學呢？」

陸華明拍響桌子大聲叫：「他拋棄了國，拋棄了家；更不顧朋友、同學，也忘記了妳，我為什麼還要想到他這個同學！」

反覆地用理由說服她。不便直接回答，要回家和母親商量。

母親一向把她當孩子看待，不尊重她意見，就是在舉行婚禮前片刻，還是任性地自作主張，不讓她有發表個人意見和感想的機會。

但她要在這緊要關頭，使母親多擔點驚嚇：「我要去找個新郎。」

母親顫巍巍站起，指著她問：「妳說……說什……麼？」

六位儐相從各個不同角度，用詫異、驚奇的聲調同時喊：「啊——」

「我不要那名不副實的女性新郎，」金紋梅用左腳跟、右腳尖慢慢迴旋著肢體，目光一一逡視室中幽黯黧黑的面孔：「我需要一位眞正的男性。」

禿頭的男儐相說：「可是，眞實的新郎，在千萬里之外。」

另一位戴眼鏡的上前一步，逼在她面前：「妳不該爭論，現在只是個形式。妳們只是演給別人看看，然後——」

「我爲什麼要演給別人看？」

屋中倏地靜寂成一片眞空世界。大家互相觀看，似乎在猜測，可以從他們六個儐相當中，任意挑選一個。

金紋梅在心底「呸」了一聲。他們在這緊要關頭還想尋開心，討便宜。她此刻仍是新娘，不便任性地搶白別人：「請你們等待一會兒，我出去一下。」

禿頭忙問：「要等多久？」

「如果等得不耐煩，」她的左腳向門外跨去：「你們會知道到什麼地方等我。」

沒有察看到是誰的喊聲：「新娘休息室。」

她匆匆地點頭，隨即跳出門外。但媽媽在身後喊住了她：「妳眞去找陸華明？」

「一點兒沒錯！」

「胡說。」媽媽生氣地大叫：「妳知道我不喜歡他——」

但現在不管媽媽喜歡不喜歡了。媽媽只喜歡熱鬧、場面，從沒想到她的存在。媽媽以爲女兒嫁給留學的丈夫，出國後可以迎她去環遊全世界，根本就不知道陸華明，已用情感的細絲，緊緊縛住她。更用深刻的見解和精闢的言論打倒孫英基……

陸華明出了咖啡室，就用激動的語調說服她：「孫英基不愛妳，妳在他眼中沒有絲毫地位，爲什麼還要去那麼遠嫁他？」

再從路左，跨到路右，突地站住問：「那麼，他要我去做什麼！」

「這很難說，也許，」陸華明在考慮詞句：「他是因爲生活方面很淒涼；情感方面很寂寞，需要一個人陪他犧牲青春和自尊──」

不幹，當然不幹。她和孫英基隔得太遠了，他要找一個情感和路程的距離都很近的人結婚，除了陸華明還有誰？

媽媽爲了要實現環遊世界的幻夢，不答應。說破了嘴唇，還是不顧女兒的未來幸福，一定要舉行這「缺席婚禮」。

「媽，您不喜歡也沒有用，」金紋梅手扶門框，扭轉肢體大叫：「看，陸華明已經來了。」

「噢──他來幹什麼？」

但現在已不需說明。陸華明踏著堅挺的步伐走進門，胸前掛著鮮紅的玫瑰花，懸著印有金色「新郎」字跡的綵帶，滿面春風地先向衆人打躬作揖，連聲說「謝謝，謝謝！」又和男儐相們一一握手，熱忱而親切。

愣在一旁的母親，緊張地口吃問：「他他……來來……算什麼？」

女兒站在母親和新郎的中間：「接我去舉行結婚儀式。」

「妳……妳是說臨時代……代理？」

陸華明並肩站在新娘身旁：「結婚大典，怎可以代理；我們去教堂舉行正式儀式。」

儐相們七嘴八舌問：「那我們怎麼辦？」

「你們都是我的好同學，」陸華明輕鬆地拱拱手：「仍請你們擔任原來的職務——」

母親在旁插嘴責問：「你們去教堂參加婚禮，孫家的禮堂怎麼辦？」

大家默然不語，室中一片靜寂。金紋梅揚聲嚷道：「他們既然要舉行『缺席』婚禮，缺席一個或是一雙，還不是一樣！」

「天哪！」母親頹然地倒在沙發椅上，長聲吁氣。

女兒噘噘嘴，向大家示意：「我們開始吧！」

演出者

窗前的水珠滴在窪塘裡，鼓起一個很大的水泡；接著又是一滴、一滴……華月娥的心，跟著每滴落下的水珠作劇烈地抽搐；因爲那水珠濺起的漣漪，慢慢擴大、擴大……擴大成一張俊俏的臉。啊！不是，那是一張生氣的臉。

她再三強迫自己不要去看那窪塘，但抬起頭在灰濛濛的雨絲裡，又隱約地見到臉色發青的金培德，狠狠地瞪著她。華月娥認爲自己並沒有做出對不起他的事，爲什麼會有這種感覺。今天接受相親，完全是家中人爲她安排好的；她不能拒絕也無法拒絕。母親說：如果妳這次再不聽話，我就不要妳這個女兒了。

母親對女兒怎能有壞意？她怎能長久辜負母親的好心？姊姊說：「妹妹啊！聽媽媽一次話吧！讓人家看看有什麼關係。人家未必看得上妳；即或是人家看上妳了，妳也可以說是不喜歡他呀！媽媽沒有要妳嫁給妳討厭的男人。想想看，決定大權，還不是操在妳手裡，妳怕什麼。」

姊姊的話聽起來很有道理，不能反駁。就這樣決定：禮拜天坐在家中等著相親。

毛毛細雨的天，加上抑鬱的心情，壓得華月娥透不過氣來。她從窗口的竹椅旁站起，決心不再看培德生氣的面龐。培德什麼事都好，就是嫉妒心太大。他和她是鄰居。全家搬來已經五年，他們之間建立起感情也有三年多，培德該相信她對他的忠誠，爲什麼她和別個男孩子講幾句話，他也要生氣。這次相親，剛好碰著他不在家，如果事先能把原委告訴他，求他諒解，或許不會有多大誤會發生。但現在他已到鄉間推銷貨物去了，說不定今天、明天、後天，也許是一個禮拜以後才回來。知道她瞞著他和別人相親，不知要氣成什麼樣子。

房門被推開，姊姊匆匆走進，上下打量她，大聲喊嚷：「啊！看妳這樣子，還不打扮，客人快來了！」

她賭氣地轉過身：「客人來與我有什麼關係。」

「別孩子氣了，講過的話算話。」姊姊說：「妳頭髮沒有到店裡去做，自己也不好好梳一梳。一會兒媽媽進來看見，又要罵妳了。坐下，我幫妳梳頭。」

「不要，我就是不要梳頭。」

「好，好，不梳就不梳，這樣顯得自然美。」姊姊替自己打圓場：「衣服該換一換吧，黑毛衣、黑裙子，全身黑，活像個修女的樣子。」

「我就是修女嘛，誰要妳管我。」

姊姊說：「妳不要故意鬧彆扭，使人一看就知道妳沒有誠意——」

月娥沒等姊姊說完，便搶著說：「誰告訴妳，我有誠意。」她覺得自己受了姊姊的欺騙。原來姊姊也是和媽媽一條心，串通起來要把她早點嫁出去。這時她對自己答應給人家相親感到後悔了：「妳這樣用圈套套我，我就是不給別人看，看妳拿我有什麼辦法？」她又一個轉身，用力把自己身體摔在原來的竹椅上。

「妹妹！別發脾氣。」姊姊上前兩步，站在她身後，拍著她的肩頭。「妳沒有聽懂別人的話，就認爲別人沒有好心，眞是冤枉了好人。妳想想看：我的話有沒有說錯？」

她沒有回答，因爲她不明白姊姊爲什麼對她的事這樣熱心。華家只有她們姊妹二人，姊姊出嫁已經一年多，在婆家的時間少，在娘家的時間多；難道姊姊希望她早點出嫁，讓姊姊和姊夫住到家裡來？

當然不對。她不該這樣想，姊姊不會有這種壞心眼。也許姊姊不希望她嫁給窮苦的金培德，替妹妹找個有錢有地位的丈夫。媽媽反對她和培德結婚的理由，就是認爲培德太窮，而且職業沒有保障；說不定什麼時候失業了，就沒有飯吃。她不敢把媽媽的話告訴培德，那樣培德會更生氣、更嫉妒。一滴水珠濺起一個水泡，映出一張眉毛倒豎的臉孔。一滴、一滴又一滴……

姊姊接著說：「這道理非常簡單：我們沒有誠意，要放在心裡，不能讓人一眼就看出。如果媽媽曉得妳是抱著這種應付的態度，等到妳說不喜歡這個男孩子的時候，媽媽就不肯聽妳的話了。」

她不得不接受姊姊的意見，開始化妝換衣服。姊姊還在旁指導她畫眉毛、塗口紅，提議她穿鵝黃的毛衣，緊身的裙子。如果不是媽媽在外面喊客人來了，姊姊還在她身旁嚕囌哩。

姊姊出去了，房間裡只有她一個人，她突然覺得寂寞起來。如果培德在家就好了，她要和培德商量該怎樣應付這場面。培德聰明能幹，主意多，就是沒有經濟基礎——假使培德有錢，他們老早就結婚了。媽媽說：「姓金的要娶妳，當然可以。只要聘金二十萬、禮餅五百、首飾四件、衣服……」

媽媽的條件一大串，像永遠說不完，她不敢聽下去。這是媽媽的策略，她不硬性地反對女兒和培德結婚，只是用這苛刻的條件束縛他們，使他們沒有辦法反抗。金培德全身的財產，只有一個包袱，裡面有幾匹布，幾套衣服。成年累月在鄉村城鎮兜售推銷，怎會有那麼多的聘金和禮物來娶她。如果他有這麼多錢，他們一年前就結婚了。

沒有錢，不能生活。姊姊說，妹妹妳不知道，結了婚以後，處處要錢。嫁個窮光蛋，愁吃愁穿那種滋味不好受，還是找個有錢的吧。

今天來相親的男孩子很有錢。他家裡開銀樓，是銀樓小開。媽媽成天在她耳根嘮叨：妳這不懂事的丫頭，有錢的女婿難找哇！一個金鋪，少說也有一百萬，爲什麼不抓住機會？妳丟掉這個機會，以後就只有討飯的份了。

討飯！她突地打了一個寒顫，嫁給金培德眞會討飯嗎？她走到後面的窗子，打開玻璃門，看向巷底的牆角。培德老是站在那兒等她，和她打招呼。現在下著濛濛細雨，巷子裡沒有人影，當然更看不到培德。培德如果這時回來就好了，她要仔細盤問他，他對結婚的事有什麼打算。難道眞要叫她等一輩子，永遠做老處女嗎？

她回轉身，走到房門旁，耳朵靠近門縫向外傾聽，客廳裡人很多，姊姊說話的聲音很大，像說個不完。姊夫哈哈大笑——怎麼姊夫也來了。姊夫也認識這銀樓老闆？這次相親的前前後後，她一點兒都不關心，所以誰跟誰的關係她也不明白。橫豎是應付應付，何必管那麼多呢。

不對，她不能這樣緊張，如果有人進來，看她這樣偷聽外面的動靜，還以爲她是眞心等著別人相親，急著要看新姑爺哩。

她連忙蹔轉身，端坐在窗前的竹椅上。她要裝成毫不在乎的樣子，讓媽媽、姊姊以及許多許多人，都看不出她內心究竟是喜是愁。

姊姊推門進來了，臉上仍掛著笑容，問：「準備好了嗎？」

「那有什麼好準備的。」

姊姊上下瞧著她：「漂亮，很漂亮。」再笑嘻嘻地說：「任何男孩子看見妳，都會滿意，都會喜歡妳。」

「我才不要別人喜歡哩！」

「要不要是一回事，人家喜歡不喜歡又是另一回事。」姊姊說：「閒話少說，我還是陪妳一道出去吧。」

媽媽先從門口探進頭張望了一下，再把全身擠進房內，性急地說：「快點出去，客人等著哩！」

「我不出去！」

媽媽走近她，臉色突然變得像外面的天氣一樣陰沉：「妳這孩子既不聽話，又不懂事。」媽媽右手食指指著她的面孔斥責：「你鬧彆扭事小，大家丟臉事大，妳要我們大家不能抬頭做人？」

「媽！妳別急，妹妹是說著玩兒的，不是眞的。」姊姊連忙推開母親：「妳還是出去陪客人吧，一會兒我就陪妹妹出來。」

「放乖一點。」母親狠狠地說：「這次妳再不聽話，我不剁妳的皮才怪！」

媽媽被姊姊推出去了；但媽媽的話梗塞在她心中，一直使她不舒服。現在如果有門能讓自己逃出去，她一定永遠不想回家。媽媽爲什麼要說出這樣沒有情感的話？眞像要立刻趕女兒出門似的。

姊姊說：「媽媽是愈老愈糊塗了，我們不要聽她的。該怎麼做還是怎麼做吧。」

「不論妳怎麼說，」她扭轉身體，背對著姊姊：「就是不給別人看。」

姊姊嘻皮笑臉地轉到她對面：「妳不給別人看，去看看別人也不錯。」

她把臉又轉到另外一個方向：「我更不要看別人！」

姊姊僵立在房中半晌，像不知道該怎麼辦。停了一會才說：「妹妹，我忘記告訴妳了。妳出去的時候，我們不用老規矩，用改良的新辦法，妳一點不感覺難爲情。如果不是預先向妳說過，妳根本就不知道這是相親……」

她也覺得這樣僵持下去不妥當，早點把這批人應付走了，她可以離開家，離開房間，到外面呼吸新鮮空氣。她可以去車站接培德，也可以去他們二人常去散步的小溪旁。溪邊有一座小石橋，橋墩下有個半圓的坑，他倆時常並肩偎依在一起——儘管培德不在身旁，她還是要生活得愉快點，不能老是孤零零地呆在房中。

她問：「用什麼新辦法？妳說說看。」

姊姊的眉毛躍動，雙手揮舞：「現在我不告訴妳，妳出去就明白了。」

「我不信。妳騙人！」

「別傻呀，我們是親姊妹，怎麼會騙妳？」姊姊的臉色變得很莊重，顯出一本正經的樣子：「騙妳一次，以後怎麼好見面。」

「那麼，妳爲什麼不告訴我？」她仍似信非信。

「好嘍，好嘍，別固執嘍！」姊姊用不耐煩的語氣說：「按照老規矩，妳出去就要端茶盤，到客人面前敬茶，然後再由中意妳的男孩子放下紅包……那些嚕嗦的事全免了。現在妳空手跟我出去——走吧！」

她被姊姊拉著右手拖起，矜持了一下，低著頭跟著姊姊走出房間。

客人確實不少，客廳擠得滿滿的。她剛跨進客廳，姊夫便走近她身旁，爲她介紹客人。張先生、周先生、鄭先生，介紹了一大堆，她根本就沒有聽清楚誰是誰，只是胡亂點點頭。橫豎她又不想認識裡面的客人，張王李趙隨他們的便吧。

靠近門旁有張空椅子，姊夫要她坐下。看樣子掉頭就走不可能，呆站在客廳中又覺得太窘，還是安心地坐下吧。

客廳裡的人都沒有講話，她覺得大家的目光都集中在她身上。當然，母親是例外。母親坐在她斜對面，正睜大眼睛四處瞧著客人哩！

現在她覺得很尷尬、很難爲情。屋中的空氣像是凍結了，她又想起前窗的窪塘。水珠一滴、一滴……她暗地裡詛咒姊姊：這種使她給大家相看的受罪辦法，還不如老規矩敬完茶便走開來得乾脆。現在她像一條鯉魚，躺在砧板上，等候別人宰割了。

不知靜默了多久。謝謝天。終於有人講話了。講的事與她無干，她可以做一個靜聽的觀衆，然後再悄悄退回房間，總算是逃過這一關了。

姊夫說：「鄭先生，你認爲黃金會不會漲價？」

「根據國際市場金價，恐怕不會漲。」

姊夫又開口了：「這很難說，最近黑市美鈔不是又抬頭了？」

「黃金和美鈔看起來沒有直接的關係，」那個人又說：「現在一般人到銀樓裡去買的都是戴的首飾，很少人去買囤積的黃金——」

啊！現在她明白了，這人就是要來看她的男孩子，姊夫不是用這些對話來給她暗示嗎？在銀樓工作，才會明白黃金的漲落；才會看到購買首飾的顧客——這是個銀樓小開，聽他講的話還不太俗氣，不知道長得怎麼樣？當然是長得又醜又怪；不然有錢有勢，還怕娶不到漂亮的太太，要千方百計地來這兒相親。

現在他是坐在她的對面，只要抬起頭來，就可以看到他的眞面目。她不想認識他，又不想和他來往，更不想和他訂婚結婚，他長得醜和俊與自己有什麼相干。如果她抬起頭向他看，一定有人會注意到這表情，那多難看。

噢，她看到他伸出的一雙亮光光的黑皮鞋，鞋面擦得很亮，褲管的縫也很直——何必這樣對自己過不去呢？他費盡心力來看她，她爲什麼不能看看他？看就看他一眼吧！

她和他的目光相遇，隨即閃開了；但僅在這匆匆的一瞥當中，她覺得這人長得很「帥」、很英俊。眼睛大大的，鼻子高高的，看起來也很年輕，眞有點像電影明星洛赫遜。難怪姊姊一定要她出來，姊姊認爲有這樣漂亮的男孩子，她見了一定會喜歡他。眞的，她現在眞想再看他一眼。這樣美的男孩子的確不多見。看起來要比金培德神氣得多，想不到世界上有這樣十全十美的人，又有錢，又長得瀟灑，談起話來又很文雅——

忽然，她隱約地見一滴、一滴水珠濺起的漣漪。那多可怕，那是憤怒的金培德的面孔。她不該想有關陌生人的事那麼多，該早點回到房間去，擺脫這許多閒得無聊的人，或許培德的臉就不會那麼難看了。

她站了起來，彷彿客廳中也有人跟著站起；但她不關心他們。她只注意那漂亮的年輕人。他也站起來，高高的，像比她高一個頭。他耳朵方方的，很別致，很好玩，左耳朵上有一粒很大的黑痣，這大概就是他外貌上的缺點吧？不能再盯著他瞧，她已瞧得他太久了。那麼多客人，包括媽媽、姊姊在內，都要笑話她了。

她迅速的轉身逃進房內。關起房門，倚在門背上覺得氣喘得很急。爲什麼會有這樣做錯事的感覺？實際上她什麼都沒有做，只是被別人牽著鼻子演了一場傀儡戲。戲散場了，她還是她，華月娥還是華月娥，什麼事都沒有發生。她的外表和內心，永遠不會改變，金培德該滿意了吧！

儘管她這樣安慰自己、說服自己；但仍有暈眩的感覺。她閉了一下眼睛，希望能鎮定自己的神經，不讓凌亂的思緒沖毀了自己。她現在多麼需要安靜的休息啊！爲什麼有那樣多的噪音干擾她啊？

三秒鐘、五秒、十秒、一分、二分……他被擾攘聲吵醒了。這是個不能讓她寧靜的世界，有無數的人和事要排擠她、堵塞她——她微微睜開眼，便聽到有很熟悉的聲音在叫：「月娥，月娥！」

她旋轉頭顱，尋找這聲音。哦！她看到了，後窗的外面，金培德正生氣地瞪著她。不，那是夢境。不，也許是幻覺。不，都不是，培德眞的回來了。

培德說：「妳不要站在那兒發愣，走過來，我要和妳講話！」

她眞高興，培德終於回來了。可是他的面色很難看，說話也是用的命令式句子，太不客氣了。但她還是一步又一步地走到後窗旁，親切地問：「你回來了？」

「當然回來了！」他說：「再不回來就見不到妳了！」

她內心抖索了一下：「我不知道你說的是什麼意思？」

「算了，別裝了！」培德的嗓音又高又尖銳：「妳瞞著我相親，以為我不知道；我知道的比妳還多哩！」

現在她曉得無法隱瞞。她說：「你知道就好辦。你一定也知道是她們逼著我，我根本就不願意見他們──」

「騙鬼才相信！」他大聲冷笑：「既然妳不願意，事先為什麼不告訴我？妳內心裡幾個洞我都知道，嫌我窮，要找一個有錢的。金店小開該滿意了吧？」

「你胡說！」她喝住他：「人家才不像你那樣卑鄙！」

「卑鄙，一點都不錯。」他說：「妳以為那小開長得漂亮吧？我告訴妳，妳看到的只是個冒名頂替的傢伙，別人要比我卑鄙得多了吧？」

「你說謊，你嫉妒，所以你編了謊話來騙我！」她覺得培德不該用這種方法打擊她，不該這樣侮辱那漂亮的男孩子。她說：「你說你自己不卑鄙，就該拿出證據來。」

「好，好。」培德說：「那人長得是不是很高，很『帥』？」

「這個和你的證據有什麼關係？」

「當然有關係。」培德接著問：「那人的左耳朵邊上有粒大黑痣，對吧？」

她的心猛然一跳：「你認識他？」

「我不但認識他，他身上那套相親的衣服，還是我借給他的哩！他的眞姓名叫做胡岳泰——」

此刻，她又有暈眩的感覺了。看樣子培德的話沒有錯。培德是從胡岳泰那兒聽來的，當然不會錯。「可是，」她仍有點懷疑：「這是我姊夫出面介紹的，如果事實眞相被拆穿了，他怎樣交代？怎樣見人？」

培德聳聳肩，鄙夷地說：「那是妳姊夫的事，我怎麼知道。」他舉起右拳揮了一下：「不過，我可以把我知道的告訴妳：他們相親時用新辦法介紹，滿屋子的客人不直接說明誰是新女婿，將來可以賴帳——相完親，就開始訂婚、結婚，等到妳發現事實眞相，『生米已經煮成熟飯』；那還有什麼用？再說，再說……他家裡那麼有錢——你們女人都喜歡錢，有了錢還會不滿意——」

「你又胡說！」她又阻止他說下去：「誰像你，成天嘴裡不脫談錢！」

「愛錢的人多得很呢！」金培德又聳肩冷笑：「胡岳泰爲了三千塊錢，願意來冒名相親；妳姊夫只爲了二萬塊錢的謝媒禮，就將妳出賣給又醜又矮的禿頭小開。妳看錢的魔力大不大？」

憤怒控制了她。旋轉身，拉開房門，沒有考慮就衝進客廳，客人都睜大眼睛瞪著她。

她大聲問：「哪一位是金店小開？」

大家都沒有說話，她覺得全屋的人都互相用目光詢問，尤其是姊姊和姊夫的臉龐全都發白了。姊姊立刻站起來攔住她：「這像什麼話，趕快回房間去！」

「妳別管我！」她大聲說：「我要問清楚，哪一位是來相親的？」

她眼角見到姊夫向那漂亮的年輕人噘嘴，那年輕人站了起來。

她說：「你不是，你是冒名頂替的，你叫胡岳泰。我要看那眞實的人。」

姊夫和姊姊都圍住她，媽媽也走近她身旁。大家拉她推她回房間，她抓住客廳門框站住，大聲嚷道：「請你們快點回去吧！你們的戲演完了；全部底牌被拆穿了，謝謝你們，再見！」

她猛地跳進房內，關起房門，倚在門後喘息。掉轉頭，見後窗已沒有金培德的影子。

前窗的水珠仍是一滴、一滴往下落，濛濛的雨絲又細又密，雨下得更大了。月娥隱約聽到客廳中人聲喧嚷，她想，那是他們辭別的時候了。眞眞假假的演員，再見！

女生世界

女生宿舍二〇九室的房間很靜。綠色窗幔把西斜的陽光遮映，室內更顯得柔和明朗。

這是個長方形的房間。四張木床沿著牆的兩側排列。中間的甬道連擺著兩張書桌。「夏威夷」坐在書桌上做筆記，她對面的「夢露」正聚精會神地低頭看書。

鮑心麗在房間的一端空隙地板上慢慢繞圈子，不時用右手搔弄自己燙得高高的頭髮。突然她跑到窗口自己的床邊，掏出枕邊的信，斜著身子半躺在床上，又仔細看了一遍，再套進淺藍色的西式信封。

她愣了一會兒，手掌掀住信封，猛拍著床鋪，生氣地說：「眞是豈有此理！」

「夢露」從書本中抬頭看她一眼，再迅速地低下頭。「什麼事啊？『活觀音』！說給大家聽聽，讓大家幫妳『參謀』、『參謀』！」

鮑心麗最怕別人叫她「活觀音」的外號，但她無法禁止別人這樣叫。房間內每人有綽號，都是「小淘氣」叫出來的，她們互相不稱姓名，全用綽號代替。不過她覺得別人外號都名實相符，如金月薇的三圍標準，走起路來臀部擺動，可以誘惑男同學想入非非；所以叫她「夢露」。方元虹長得又黑又結實，像是熱帶的土人，所以叫她做「夏威夷」；「小淘氣」的年紀小，身材不高，喜歡偷看別人的情書，然後再大聲背誦出來，於是大家一致決議這樣叫她。可是為什麼叫她「活觀音」呢？如果她不承認這個外號，她們就要叫她「奶奶」。「奶奶」可以代表「婆婆媽媽」，也可能是「老」的象徵。她今年已二十七歲，在她感覺上，女同學的年齡沒有比她再大的了；她還能接受「奶奶」的外號？所以只有硬著心腸讓別人稱她為「活觀音」了。

「妳們不會明白的，每人都有一本難念的經，」鮑心麗說完，立刻感到後悔。念經不是正符合她「活觀音」的綽號？所以她連忙接著說：「自己的事告訴大家有什麼用？大家當面同情妳，背後議論妳、嘲笑妳。」

「快別這樣說，妳不怕得罪了大家？」夢露站起身走近她。「我不相信妳有什麼了不起的大事，頂多是妳那一位惹火了妳——妳現在還和他鬧彆扭？」

「怎麼說是我和他鬧彆扭。」活觀音直起身子坐在床沿激動地說：「你們統統都不了解我！是小高欺侮我，我全都告訴過妳們了，妳們還是這樣說，眞氣人。」

活觀音說完倒在床上，眞想痛哭一場；但那樣會增加不少話柄，還是忍耐點好。她眞怪小高給她惹來煩惱，如果不是他闖進自己的生活圈子，她會和小淘氣、夏威夷一樣：無憂無慮；現在像摔不脫那煩惱了。

想起自己和小高認識的事，就覺得後悔。本來她不喜歡他，但媽媽信舅舅的話，一定要和他來往。媽媽根本就沒想到，舅舅介紹的人，還不盡量說好話：學問好啊、誠實可靠啊……

她和他在一起眞不舒服。橫過馬路時，他看見汽車向她身邊衝來也不拉她一把。走出走進不知道幫她開門；穿脫外套，也不曉得爲她服務。不懂禮貌是小事，他講起話來，實在使人受不了，掛在口邊上的：「女人眞小氣」、「女人愛虛榮」、「女人最現實」……一天，他和她談論夫妻之間的感情，她說精神生活重於物質生活；而他卻堅持「物質生活比精神生活」重要。她無法忍受下去，決心不理他。可是他接二連三寫信來道歉，請求原諒，她一直沒回信。今天寫來第九封信，更使她受不了。

她突地翻身坐起，從信封中抽出信紙，指著其中一段說：「妳看這是什麼話？『爸爸的朋友，介紹一個競選中國小姐得第五名的女孩給我，我不想要；因爲走上伸展臺的女孩子，都是愛表現、愛虛榮、愛出風頭，不會是賢妻良母。爸爸硬叫我見面談一談；但我要等妳回信——』妳看這不是恐嚇、威脅？這不是他欺悔我？」

夢露說：「妳不要往壞處想，那是他老實的地方，妳不是說過他老實，不會說假話、繞圈子？」

「好了，好了，不用提了，我再也不理他了。」活觀音雙手一攤又倒在床上。「如果給小淘氣知道，又鬧得滿城風雨，會叫人哭笑不得。」

小淘氣突地衝進房內大聲吼叫：「妳們在背後談天還帶到我，是妳們說我壞話，不是我找妳們麻煩。」

「不要亂扯，誰說妳壞話？」夢露趕快辯白。

「說說看：妳們什麼事怕我知道？」小淘氣走近她們，傾身向前，連連用鼻子嗅著，像獵狗偵察野兔的樣子。

活觀音還沒來得及思索和回答，按在胸前的信已被小淘氣一把抓走。

小淘氣說：「就是這件事不讓我知道！實際上我老早就知道了。」說著轉過身去，雙手擎起信紙邊走邊念：「心麗：妳知道我是非常愛妳的，請不要折磨我了。我愛妳的比我說出和寫出的要多千萬倍——噢，肉麻，肉麻；低級。他是學什麼的？大概是念戲劇的吧？怎麼把臺詞抄到情書上來了……」

活觀音骨碌地跳在地板上，跟在小淘氣後面說。「不要淘氣了，拿來吧！」

小淘氣說：「不行，不行；後面還多著哩！」她在書桌旁繞圈子，一面擎著信紙念道：「妳的說法，我完全同意；但我有時候喜歡唱反調、強詞奪理。妳那麼說，我偏要這麼說；因爲我很自……自卑啊。心麗：妳不能原諒我？……」

二人在房間裡，像捉迷藏似地團團轉。活觀音跑著抓住小淘氣的肩頭，急著頓腳說：「這成什麼話？人家知道了多難爲情。妳再這樣胡鬧，我就惱了。」

「不要惱，不要惱，『妳知道我是愛妳的』。」小淘氣伸長右手不讓信給活觀音搶去，眼睛仍梭視著信上的文字，口裡嘖嘖地說：「精采，精采！」

「妳這小鬼的確淘氣！」心麗猛地向前一衝抓回信紙，狠狠地說：「總有一天，我們大家來報復妳。」

小淘氣嘻嘻笑。「我才不在乎哩！如果我的男朋友寫信來，我把信貼在公布欄裡，讓每一個人讀一讀，欣賞欣賞，誰像妳這樣小氣。」

「得啦！別唱高調啦！」一直低頭在桌上做筆記的夏威夷，把筆向桌上一摜，說：「妳一進房間就吵，吵得人家六神不安。我一直不響，看妳到底要吵成什麼樣子？誰知妳淘氣沒個完，也不顧人家反應；也不怕耽誤人家用功。」

「土人哪！誰在用功？不要假正經了。」小淘氣掉轉身，面向著夏威夷。「離期中考還遠得很哩，尋尋開心吧！進大學不是教妳專啃書本的；要學的東西多著哩，來吧，我正帶回一個好消息告訴妳。」

「對啦！」夢露插嘴說：「剛才誰找妳？妳還沒有把好消息向大家報告哩。」

「不要急，我一定報告。」小淘氣拉開書桌旁椅子坐下，鄭重地說：「來的是我哥哥和他的同學——」

夢露拍著手說：「對啦，有苗頭啦！」

「不要急，好戲在後頭哩。」小淘氣說：「哥哥的同學家裡開舞會，到我們這兒來邀舞伴。」

「舞伴還有問題？」夢露扭動臀部，打了一個迴旋，像已經在舞池裡和男生共舞。

「對啦！那是醉翁之意不在『舞』，妳怎麼說？」

「我說，我們房間裡四個人全部參加。」

「妳亂說，我才不去呢！」夏威夷提出抗議。

活觀音立刻接著說：「妳敢！妳敢硬作主張？妳不徵求我們同意就答應人家，我偏不去！看妳怎麼辦？」她把信封塞在枕下，猛地倒在床上表示她的憤怒。

鮑心麗真正生氣的原因，並不是小淘氣沒有徵求她同意就答應去跳舞；而是小淘氣搶著念她的信，太使她難堪，所以她要報復。同時她想起小高反對跳舞，他說，跳舞本來是一種高尚的娛樂，但一般青年人藉跳舞做色情的媒介，使跳舞的娛樂性變質。爲了這個問題，她曾和小高辯論了很久。小高表面好像默認她的說法；但他的觀點像始終沒有改變。彷彿世界上所有的男人只有他一個人高尙，和他在一起跳舞沒有問題；不然就會發生惡果。可是現在她已和他鬧了彆扭，還能在一起跳舞？

她自己突地覺得很好笑。現在她和小高是「河水不犯井水」；她的行動小高怎能過問？任何時間，小高都不能干涉她的自由；何況這時她已不在乎小高對她的印象好壞了。

夢露說：「她們不去不要緊，到隔壁的房間去找，多的是。」

「找人當然不成問題，不過我已幫她們報了『名』。」小淘氣站起走到夏威夷面前，認眞地問：「妳爲什麼不參加。」

「笑話。妳還要問我？」夏威夷噘起嘴唇反詰。「妳老早知道我不會跳舞，不是明知故問？」

小淘氣笑著說：「妳會不會走路？」

「這還用我說。」

「會走路就會跳舞。」小淘氣拍著夏威夷的肩頭，「明兒晚上才去跳，今天『惡補』一下，明天出場包妳不會丟臉。這兒有的是唱機，還有客串的『舞師』。」她掉頭問夢露：「妳願不願意教她？」

夢露說：「得『海外』英才而教之，是無上的光榮。」

夏威夷牽動著上身，連聲說：「不行，不行。」

「妳還說不行？」小淘氣顯得非常驚詫。「有人免費為妳『惡補』，照理說，妳感謝還來不及；現在妳倒搭起架子來。妳眞願意做一輩子土包子？」

「不行，不行。」夏威夷仍固執地說。「我平常在教室裡，發現有男同學凝視我，心就卜通卜通跳。假使一個陌生男人抱著我，握著我的手，我準不會走路，不會呼吸。平時禮拜六回家，我哥哥的同學來了，我就躲在房內不敢走出客廳，怕看到他們那種嘻皮笑臉的『死相』。明兒晚上在黑暗的燈光下，那些『死相』緊緊抱著妳吻妳，向妳求婚，妳怎麼辦？」

小淘氣拍著桌子大笑。「那妳就答應嫁給他。」

夏威夷滿臉惶惑的表情，像不明白小淘氣為什麼要那樣高興。她說：「妳不要開玩笑了，人家煩死啦！」

「妳這小丫頭，不是低級趣味的小說看多了，就是太相信好萊塢的電影。」夢露走近她說：「男人和女人在一起，怎麼有那樣簡單？妳一定沒有和男孩子在一起玩的經驗，現在趕快學習吧！」

夏威夷冷冷地說：「『也』有道理！」有道理上面加個「也」字，那是她們之間拿來表示完全沒有道理，和「胡說」的意思差不多。

「怎麼是『也』有道理？那是『大』有道理啊！」小淘氣說：「夢露的社交經驗，『造紙』很深，妳趕快跟她學習！」一個同學，把「造詣」讀成「造紙」，所以她們都學說這個名詞。

夏威夷默默不語，像已接受她們的意見。於是他們便打開唱機，選擇唱片；挪動桌椅，使房間內活動的範圍增大。接著夢露就開始擁著夏威夷練習舞步。

夢露說「輕鬆一點，不要緊張。聽著音樂：蓬、拆、蓬、拆、蓬拆……」

小淘氣獨自跟著音樂練習一個新舞步，然後轉過身去，坐在活觀音床沿，望著面向牆壁側臥著的活觀音。

活觀音雖然沒有眼看著她們，但仍注意她們的談論，這時感覺到小淘氣坐在她身邊，她故意閉著眼睛不理她。她實在不明白小淘氣爲什麼成日那樣開心，那麼喜歡和別人搗蛋。小高的信經小淘氣怪聲怪調一念，她感覺那的確肉麻、的確是低級。在她沒念以前，她還覺得小高這幾句話是那麼誠摯，那麼熱情，很使自己感動。如果再讀一遍、二遍……可能就會以爲他眞心愛她，立刻動筆回信。現在經小淘氣一說穿，她也認爲那些話非常刺耳；甚至覺得小高這個人，也就是那麼庸俗、下流……她早就有這樣感覺。

那是在一家光線非常黯淡的咖啡館內，她和他並排坐著大約有二個小時。他握著她的手，撫摸著她的手背、膀臂。忽然他說：「妳看，那是什麼？」她轉頭看他手指著的鄰座，那是一對情侶擁抱得很緊的吻著。她還沒有回轉頭，他的一隻手在她身後環繞著。他的面孔湊近她，嘴唇壓著她的嘴……她當時感到一陣屈辱，還升起一種被欺侮的感覺，立刻推開了他，眼淚直流，眞想痛哭一場。但她僅沉默了一會兒便提議回去，她一直以爲那是男人的本性，今天經小淘氣提起，她就感到小高的動作不高尙了。

小淘氣說：「妳眞的不和我們一道去跳舞？」

「難道還是假的？」她的怒火又上升，沒好氣地說。

「那太可惜了，我哥哥的同學長得好『帥』啊！」小淘氣用一種煽動的語調說。

「妳猜他像誰？」

「管他像誰！」活觀音仍面向牆壁。

小淘氣撒嬌地說：「唔——妳猜猜看嘛。」

活觀音覺得小淘氣又可恨又可憐。小淘氣雙手拍著她的脊背，像頑皮的小妹妹，央求猜她哥哥的同學。她想：小淘氣一定愛上那個男孩子了，所以拚命拉攏她們參加舞會。說不定小淘氣先要她哥哥拉關係；也可能是她哥哥的同學要藉這機會接近小淘氣。君子該成人之美，爲什麼她不能幫幫小淘氣的忙？

「像張揚。」

「張揚算什麼。」

「像洛赫遜。」

「全猜錯了，」小淘氣猛拍她的肩頭大嚷：「妳不要在電影明星裡猜啊，猜我們認識的人。」

「算了，管他像誰。」活觀音賭氣的說：「我猜不到，也沒有那種閒工夫。」

「啊，妳這樣沒有耐心，眞差勁。」小淘氣說：「他像小高。」

她又骨碌翻身坐起，握起拳頭做打人的姿勢，小淘氣連忙從床沿跳開。活觀音說：「妳這小ㄚ頭淘氣，專會尋人家窮開心。再這樣胡說八道，我不揍妳才怪。」

小淘氣說：「妳是『狗咬呂洞賓，不識好人心。』人家講的是眞話啊。」

活觀音沒好氣地歪倒在床上。管她講的是眞是假，一概不理。從來沒聽說小高認識小淘氣的哥哥，小淘氣也沒提過她哥哥的同學有小高這個人。準是小淘氣爲了騙她去參加舞會，所以才信口胡謅。可是天下的事也很難說。他們可能是中學的同學，在偶然的機會裡談起學業、戀愛，小高提到她；說出她讀書的學校，就知道和小淘氣念相同的學系，住在一個宿舍。於是小淘氣的哥哥自告奮勇，出來拉關係，找小淘氣……當然，那是不可能的巧合，簡直像虛構的小說故事。頂多是小淘氣爲了尋開心，想出來的新花樣，她絕對不會相信。

突地她心中閃起亮光。如果眞是小高陪小淘氣的哥哥來找她，爲了那麼多人的面子，她不得不去見小高。細想起來，小高眞沒多少錯。只是他說話不討人喜歡，心裡想什麼，嘴裡就說什麼，不像別人會甜言蜜語使人聽了舒服。有時更故意表示他的見解特別，不肯同意別人的說法。那種傲慢的性格，也難令人滿意。他說那是自卑。眞的是自卑嗎？她一直以爲他是一個非常自負的人。現在知道他是那麼愛她，尊敬她，認爲她聰明、美麗、高不可攀……她爲什麼要如此折磨他，不理她？使性子該有個限度；不然，弓弦拉滿就要斷了。她應該參加舞會，藉機會接近他。這次參加舞會她要紮夏威夷的紫紅細腰帶，載夢露的那副燈塔式耳環；還要和小淘氣交換大花肥裙。小淘氣喜歡她那條翠綠的，她們交換一下就「皆大歡喜」啊！不行，不行。在舞會中小淘氣的哥哥，認出她穿他妹妹的裙子，那使人多尷尬。房間裡任何人的佩帶零件，都可以交換，這次不能動小淘氣的東西。

想起來了，夢露的那件紫色連身衣裙，佩自己那件玄色外套，一定很不錯。可惜就是胸部大些，穿起來不合身。小高說，妳的胸部好平啊，平得像熨斗燙過似的服服帖帖。小高說話喜歡揭人短處。如果她也有像夢露那樣誇張的、氣嘟嘟的胸脯，高中畢業考不取大學，老早就結婚了，還要一年、二年、三年重考？人生幾何？誰喜歡當老處女盡啃死書本？

舞會裡如果眞有小高在場，她一定不去，小高說話的確令人討厭。舞會裡一定有不少年輕的、高大的、討人喜歡的男孩子，她爲什麼要逃避這種最好的社交機會？很可能地一舞鍾情，正像是夏威夷所說的，有個英俊的男孩子要吻她，向她求婚。也可能碰到一個留美、留德的火箭或是原子能博士。「物質生活重於精神生活」。十八歲的游泳健將，還不是嫁一個老博士？

「天哪，我的腳痛死了。」那是夢露的尖叫聲。

活觀音翻身坐起，看到夢露彎腰低頭雙手撫著右腳揉搓，皺起眉頭拉長臉說：「這個土人的腿硬得像棍子，兩隻腳擰得高高的。拉不動，扳不起，我不教了。」

夏威夷說：「這個玩意眞討厭，耳朵要聽，眼睛要看，腳還要走快快慢慢，眞難死人，我不學了。」

「不行，不行。」小淘氣插進來說：「我這個導演要行使職權。妳要學，她要教，不然就不准妳們吃飯，不准妳們睡覺，不准妳們看書。」

夏威夷說：「二十世紀的民主時代，還有這樣的暴君？」

夢露站起身子，無可奈何地說：「來吧，我們重新開始。兩隻腳緊貼著地板。蓬、拆、蓬……」

活觀音伸手在書桌上抓起一本書，又躺在床上。打開書看了兩行，方塊字在眼前跳躍，她抓不住一個意念，不知書裡說些什麼。枯燥的音樂，夢露的尖嗓子，小淘氣調皮的憨態，小高拘謹的、正經的樣子，夢露的豐滿胴體……在她腦海裡閃爍。心裡很煩，為什麼呢？她說不出。小高信上說的那女孩能獲得中國小姐第五名，身材一定不錯，曲線會和夢露一樣？男人都喜歡性感的女人，漫畫上、電影裡常常表現男人的獸性。小高說要等她回信，誰知他們有沒有見面和來往？男人的話都是靠不住的，不能太信任小高。她眞想把小高的信再拿出來研究一番，看他和那第五名中國小姐有多親近。但小淘氣在身旁，不行。她準會嘲笑她，尋她開心。

「好啊——妳們看哪——」小淘氣拉長聲調大叫。「這是誰的妙書？」

「不要動，小淘氣。」那是夢露的聲音。「趕快替我放下。」

活觀音聽到夢露的聲音不對，忙翻身坐起。夢露已放開夏威夷，搶著跑向小淘氣的身旁；可是小淘氣一面翻書，一面大叫：「誰在偷偷地看《夫妻手冊》？早該讓大家欣賞欣賞才對。」

「趕快還我，」夢露說：「不要鬼吵鬼叫！」

小淘氣仍是一面走著，一面念道：「第一章，性知識的重要。第二章，新婚之夜……」

夢露趕上抓住她說：「妳再叫我就揍妳。快點給我！」

小淘氣企圖掙脫夢露的掌握，但眼睛仍牢牢地盯在書上。「大家不要性急，精采的在後面哩。」

「不要再淘氣了。」夢露說：「吵得整個宿舍都聽到像什麼話？」她們開始互相搶書。

「不要搶，不要搶。」小淘氣說：「我要拿去見教務長。」

活觀音見夢露的窘態，和剛才小高的信被朗誦時的自己一樣，所以非常同情夢露。但聽到小淘氣念的目錄，是那樣新穎具有誘感力，她眞想小淘氣再念下去，甚至於還嫌夢露太小氣！有這樣的好書，不拿出來公開，自己悶聲偷看，眞不夠「朋友」。但聽到小淘氣要拿去見教務長，她立刻就火了。

「爲什麼要去見教務長？」活觀音踏下床鋪向她們身旁走去。冷冷地說：「看不正當書籍，是訓導長管的！」

小淘氣愣了一下，立刻笑著說：「妳不要想歪了，我不是去檢舉，我是去建議學校開這門課，規定一年級學生必修……」

「我們這裡又不是新娘學校。」夏威夷噘起嘴，顯然沒有領會小淘氣的幽默。

「妳不要太頑固了，看看這一段。」小淘氣又開始念書，一個不小心，書被夢露搶走，小淘氣頓腳說：「可惜，可惜。我問妳，這本書是哪兒來的？」

「哦——」夢露用書拍打著手掌，像考慮把書藏在何處。「我哥哥在中學裡教書，一個初三的學生偷看被沒收的。」

小淘氣拍響手掌笑著說：「妳看人家多進步，初三的學生就看這樣的書，我們是大二、大三、大四了都沒有看過，還不慚愧？誰願意看，先登記。我登記第一號。」她轉過頭去對夢露說：「限妳二十四小時以內看完。我們這房間看完，在布告欄貼一張布告；人生妙書出租，每小時一元。」

「不要胡說八道。自己偷看看就算了，還出什麼鬼布告？」活觀音上前一步，正經地說：「我登記第二號。」

夏威夷看看大家臉孔，無可奈何地說：「我不得不『敬陪末座』了。」

夢露把書塞在枕下，又拉著夏威夷練舞步。一會兒，小淘氣又把那本書抽出，坐在桌旁仔細閱讀。室內除了有節奏的音樂聲外，好像很靜。活觀音在房間內轉了一圈，覺得無事可做。看書嗎？看不進去。躺在床上睡覺嗎？現在不是睡覺的時候。那她做什麼呢？

現在她眞想和一個人談談。學業、前途、婚姻、人生……但小淘氣不是傾訴談天的對象，今天和她談的心腹話，明天就會傳播出去。夢露、夏威夷……都不能談。因爲她們太年輕。年輕的人從不關心別人的事。如果和小高在一起那就大大地不同了。他會使她有一種安全感。她明年畢業就是二十八歲了。畢業以後還是獨自奮鬥？小淘氣、夢露、夏威夷她們都有哥哥可以依賴。而她呢，有一大堆弟弟妹妹依賴著她。二十歲高中畢業時，她就每天對自己說，明天就會有理想中的情人愛妳，而妳也會愛他，依賴著他，可是一年又一年，每天都是白白地過去。直到今天，小高才來信說，我是非常愛妳的。但她任性、賭氣，馬上就要失去他。他會愛上第五名中國小姐。第五名中國小姐也會像她一樣地愛上小高。完了，一切都完了。她永遠在孤獨的世界裡，過著淒涼的生活。人前背後總聽到別人說：鮑心麗人長得又醜，脾氣又怪，誰和她生活在一起，才是倒了八輩子楣哩！

你們看啊！老處女的怪樣子多難看？鄰人指指點點地嘲笑她，弟弟妹妹在背後討論她，任何機關裡的年輕人，都要向她請教，當面喊老大姐長、老大姐短……她怎麼受得了？高中畢業希望考取大學，能在大學裡找到夢中王子，誰知道遠不是那回事。年輕的男孩子總找那些蹦蹦跳跳的、幼稚的黃毛丫頭，他們的眼神從來不飄向她。她很後悔自己把少女的青春白白地浪費，那時有不少的年輕人追逐她，圍繞在她身旁。那些人都比小高年輕，長得也『帥』，學問也比小高好。他們一個個離開她結婚生子，而她仍舊在這兒啃書本，擔心有沒有人愛自己，成天爲情感煩惱。難道眞是自己選擇的途徑錯了？

她走在窗旁，拉開綠色窗幔，看向校園。校園中三五成群的男女同學，走著、談著、嘻嘻哈哈地笑著。噢——那棵高大的椰子樹下，有一對男女同學很親暱地談心，像世界上只有他倆——校園裡、宿舍內、課堂上的同學，他們占有了世界，攫住了青春和歡樂，唯有她被擯棄在世界之外；她為什麼要如此固執、偏激，不回到自己的園地，耕耘、灌溉自己的友情和愛苗？

活觀音拖著腳步，慢慢踱到自己書桌旁，拉開抽屜，拿出信紙信封。正要提筆寫信時，突地覺得大家都在注意自己。剛才她說過討厭小高，永遠不再理小高，現在立刻寫信給他，大家不會笑她是神經病，一會兒冷、一會兒熱？

她急忙側轉頭，巡視一眼。小淘氣的目光貫注在那本內容精采的書上；夢露和夏威夷的全部精神集中在舞步上，誰也沒關心她做些什麼。她在這小團體裡是個不重要的角色，隨時會被別人遺忘。

當她寫上小高的名字以後，又感到困惑起來。怎麼寫呢？難道真接受他的要挾，立刻向他投降？

「喂！小淘氣。」她說：「妳剛才說的那個家庭舞會，可不可以攜伴參加？」

「當然可以啊！」小淘氣從書本上拔起目光，詫異地看向她，遲疑地說：「妳要和妳那位一道……？」

活觀音感到耳根一陣熱，慌急地遮掩道：「我要問問小高，如果他有時間，我們就一起參加。」

「歡迎！歡迎！」小淘氣像不關心她和小高之間恢復友誼的事。沒有說完，就低下頭把目光埋在書本裡。她掃視那頁書的大標題「對新娘的建議」一眼，聳聳肩便開始寫信了。

——原載香港《文壇》雜誌

特載：

澆灌臺灣文壇的深耕者

黃美惠

台北有家「九歌」出版社，今年三月要慶祝成立三十年。

和「選總統」相比，台灣三月還能有什麼大事呢？話固然不錯。但，提到總統大選，大家有焦躁與不安；相較於愛書人回味多年來所閱讀九歌的書，那種厚實的幸福感，讓人覺得九歌三十年的意義，也不該小覷。

台灣近來流行「想從前」，今天的紊亂對照昔日的秩序，「從前」顯得美好。「美好」如是一幅拼圖，蔡文甫創「九歌」、其它幾位文人創「純文學」、「爾雅」、「洪範」、「大地」等文學出版社，是拼圖裡不容忘掉的一塊。

部落格的世代，漸漸會讓人忘記那種到書店去購買、站著狼吞虎嚥一本新書的滿足喜悅。

所以，聽到「九歌」正熱切在籌備著三十年慶、並聽聞八十二歲的蔡文甫先生仍每天晨跑，健步往返八德路和國父紀念館之間，再回家沖冷水澡，令人為其勇穩的步伐感到欣慰。

一九七八年三月，原本擔任初中教務主任的蔡文甫啼聲初試。第一批書六本，除自己編的十位殘而不廢的堅強鬥士《閃亮的生命》，還有威斯康辛大學英文系教授傅孝先《無花的園地》、散文家王鼎鈞的《碎琉璃》、老蓋仙夏元瑜的《萬馬奔騰》、台大教授葉慶炳《誰來看我》、楚茹譯《生命的智慧》。

蔡文甫本身是小說家，早年即以八千字〈小飯店裡的故事〉獲當時《文學雜誌》主編夏濟安刊用，學歷有限，以高普考試證明能力的蔡文甫由於是《文學雜誌》常客，還曾被誤以為和白先勇、陳若曦等人同是台大外文系的文學青年。一九五六年香港的《亞洲畫報》辦第二屆短篇小說比賽，蔡文甫得佳作，那一年第一名是彭歌。

有人說，蔡文甫順利開拓自己的出版事業，和他多年任《中華日報》副刊主編，得道多助有關，但一個人成功必有許多因素在。比如他做人實在，事必躬親，自己捲起袖子領頭做，又比如他鍥而不捨，對好作家有敬意和真誠，讓他雖不能出到每個名家的每一本書，也總能追上浪頭。

他也有精準眼光，像是為「九歌」打下堅實基礎的是廣播人王大空的《笨鳥慢飛》，這書和當時教忠教孝、勵志或者風花雪月雜文並不同調。「早起的蟲兒被鳥吃」，「天下大亂就是因為笨鳥搶著飛」，都令人耳目一新。許多年以後，平生不出書、不演講、不上電視「三不」的張繼高，畢竟也把《必須贏的人》交由蔡文甫出版。

感動幾世代讀者的琦君、散文大家梁實秋、讀者基本盤堅實的楊小雲、廖輝英、林清玄，蔡文甫出的文學書並不孤高，有點像文學出版的《讀者文摘》，擁抱大眾，最近的成功例子則是李家同的書。

最難得是他在腳步站穩後，也肯出大錢為眼界高的純文學做事，出版文學大系、年度選輯、喬伊斯的《尤利西斯》、但丁的《神曲》。有了「健行」、「天培」和童書出版路線後，出版書籍合計已達一千五百種。今年「九歌三十」，要辦獎金兩百萬台幣（六萬餘美元）的長篇小說獎，華文世界裡最高。

蔡文甫的「九歌」所做之事，以格局來說，大到你覺得有如公家主辦。但其實只是一個人，因著對文學的愛好，勤懇做了三十年。蔡文甫是江蘇鹽城人，因戰亂到了臺灣，年過半百才創業，竟成為澆灌臺灣文壇的深耕者。

——原載二〇〇八年一月九日美國舊金山《世界日報》〈金山人語〉專欄

（本文作者黃美惠女士，曾任《民生報》藝文版、影劇版主任，現任美國《世界日報》舊金山社南灣採訪主任。）

蔡文甫作品集②

女生宿舍

作　　者：蔡　文　甫
發 行 人：蔡　文　甫
發 行 所：九歌出版社有限公司
臺北市八德路3段12巷57弄40號
電話／02-25776564・傳眞／02-25789205
郵政劃撥／0112295-1
九歌文學網：www.chiuko.com.tw
登 記 證：行政院新聞局局版臺業字第1738號
印 刷 所：崇寶彩藝印刷有限公司
法律顧問：龍躍天律師・蕭雄淋律師・董安丹律師
馬來西亞版：1964（民國53）年1月
九歌初版：1982（民國71）年2月（1-10印）
增訂初版：2008（民國97）年12月10日

定　價：240元

ISBN 978-957-444-556-1　　Printed in Taiwan

書號：LJ002

國家圖書館出版品預行編目資料

女生宿舍／蔡文甫著. -- 增訂初版.
-- 臺北市：九歌， 民97.12
面；　公分. --（蔡文甫作品集；2）
ISBN 978-957-444-556-1（精裝）

857.63　　　　97018929